意林
名家励志臻选

LAI ZHE
BI QU

来者，必去

［新加坡］尤今
YOU JIN

来者珍惜 去者放手

中国人民大学出版社
·北京·

图书在版编目（CIP）数据

来者，必去/（新加坡）尤今著.--北京：中国人民大学出版社，2019.11
ISBN 978-7-300-27464-5

Ⅰ.①来… Ⅱ.①尤… Ⅲ.①散文集-新加坡-现代 Ⅳ.①I339.65

中国版本图书馆CIP数据核字(2019)第213697号

来者，必去
［新加坡］尤今 著
Laizhe, Bi Qu

出版发行	中国人民大学出版社		
社　　址	北京中关村大街31号	邮政编码	100080
电　　话	010-62511242（总编室）	010-62511770（质管部）	
	010-82501766（邮购部）	010-62514148（门市部）	
	010-62515195（发行公司）	010-62515275（盗版举报）	
网　　址	http://www.crup.com.cn		
经　　销	新华书店		
印　　刷	天津中印联印务有限公司		
规　　格	145mm×210mm 32开本	版　　次	2019年11月第1版
印　　张	7.75 插页1	印　　次	2019年11月第1次印刷
字　　数	145 000	定　　价	39.00元

版权所有　侵权必究　印装差错　负责调换

目录 CONTENTS

壹 久蛰思启

假石	003
来者，必去	005
海龟的眼泪	007
匕首	010
锦鲤	012
赢家	014
笨蛙与蠢蝎	016
心里那只『鬼』	019
痛	021
踢	023
僧侣与猫	026
饮料人生	029
野菇	031
蜥蜴	033
恨	036
沙漠的猎鹰	040
食髓知味	044
剑与玩具刀	046

目录 CONTENTS 2

贰 柔情绰态

脚镣与飞轮 051
辫子里的笑声泪影 054
洗一洗妈妈的手 057
灯影内的人生 060
手足情 064
香蕉里的爱与恨 066
咖啡姻缘 069
16岁，甜蜜的尴尬年龄 074
母亲的心 077
茶叶蛋 080
一场温情的乌龙事件 083
向日葵 086
大地的耳朵 090

妈妈，我不做「鱼瑞」 093
背后那双眼 096
愧疚 099
食客 102
母亲的布鞋 105
流沙与直升机 108
碗底的鱼肉 111

叁 四时充美

鹿头	115	香伯	150
岁月的美酒	117	纸上树魂	154
碗中有个缤纷的世界	119	松鼠	157
枯枝与矮人	121	金光灿烂	159
断弦的琴	123	养马的女人	162
三大心态	129	母与女	167
人生的滋味	132		
螃蟹与蜢蜞	134		
五彩箫声	137		
棺材板	141		
牵骆驼的人	144		
走在「蛇尖」上的女人	147		

肆 智圆行方

重生的酒窝	171
白色谎言	175
橡皮圈和点金石	177
借千斤顶的人	180
拔河比赛	183
人生最美的颜色	185
怀里的扑满	188
人瑞	191
陀螺与风车	194
雷响之后	197
绳子与翅膀	200
巨虾	203
烂铁与珠宝	206
孝而不顺	208

伍 言高趣远

漏网之鱼	213
我们的怕和忧伤	215
弟弟理发的故事	218
戏外之戏	220
狗与羊	223
古井	226
爱情死亡后	228
爸爸的手指	230
麦哲伦的味蕾记忆	233
生鱼刺身	236
回家吧	238
精华	241

久蛰思启

壹

思想——自由的精灵。

假石

朋友请人设计庭院，完工之后，邀我去看。

小桥流水固然精致，可是，嶙峋巨石更得我心。

朋友笑道："假的。"

嘿，那石，居然是赝品？

原来，工人把陈旧的报纸揉成一团一团，塞进大大的袋子里，然后，在外面涂上一层厚厚的石灰，再髹上一层接近石头原色的漆，便大功告成了。

噫，大模大样，原来是虚张声势。

朋友笑道："以假乱真呢！"得意之色，溢于言表。

见石非石，我嗒然若丧。

一年之后，朋友投诉："巨石"惨遭白蚁啃啮，面目全

来者，必去

非。说时捶胸顿足，无比愤慨。

我呢，哑然失笑。

嘿，肚里没料的、狐假虎威的、鱼目混珠的，通通经不起考验。

朋友掩耳盗铃，自欺欺人，咎由自取。

来者，必去

一日，坐在厅里和好友阿丽聊天。谈兴正浓时，一只老鼠突然从门外的花园窜了进来，我吓得魂飞魄散，跳上椅子，尖声叫嚷。阿丽纹丝不动，气定神闲地说：

"嘿，你担心什么呀？它会进来，也一定会出去的。"

果然，老鼠在屋里兜了几圈，又拖着灰黑、邋遢的尾巴，溜出门外了。不必劳神费力，更不必喊打喊杀。

我狼狈万分地从椅子上下来，讪讪地为自己打圆场，说："哎呀，你连老鼠都不怕，真没女人味！"

阿丽微笑地应："我不怕的，又岂止老鼠？"

诚然，在她的词典里，是没有"惧怕"这个词儿的。

她的生活，风猛浪高：好友骗财、婚姻失败、事业逢挫

来者，必去

折、投资又亏蚀。换了旁人，早已精神崩溃。

然而，在最痛苦、最黑暗的时期，她还是咬紧牙关对自己说："来者，必去。"

凭着这个信念，她渡过了一个又一个难关。

海龟的眼泪

在印度尼西亚加里曼丹岛的小镇百富院用过午餐后,冬龙突然神秘兮兮地说道:"带你去尝一种特殊的东西。"

一迈入那间店面不大的咖啡店,便看到柜台上的盘子里高高地叠放着大小如乒乓球的东西——圆、雪白。

啊,是海龟蛋!

根据民间的说法,一枚龟蛋的营养相当于五枚鸡蛋,能滋润女性肌肤,也有人称它有御寒之效,所以,尽管价格比鸡蛋高出许多,许多人对龟蛋依然趋之若鹜。

嗜食龟蛋的冬龙,好整以暇地将龟蛋敲开一个小洞,倒入少许胡椒粉和盐,然后,"嗦"的一声,将蛋白连同蛋黄一股脑儿吮吸入口,满脸都是陶醉之色。他指出,龟蛋黄酥软嫩滑，入口即化，不像熟透的鸡蛋黄，干巴巴的。

他频频劝食："龟蛋就百富院这地方有，过了这村，就没这店了。"

我眼里看着那一盘仿佛还附着生命活力的龟蛋，心里想着的却是海龟的眼泪。

多年前，我曾到马来西亚东海岸的关丹去看海龟生蛋。

一连守了好几夜，终于，在一个星光暗淡的夜晚，有只形体硕大的海龟慢慢地从漆黑的大海里步履蹒跚地爬了出来，然后，用短短的手和短短的脚，在沙滩辛辛苦苦地挖了一个大坑。坐在这个大坑里，它下蛋，一枚接一枚地下，产了许许多多的蛋。白晃晃的龟蛋镀着点点星光，煞是美丽。然而，深深地触动我的，却是海龟的眼泪。它一边辛苦地生产，一边痛苦地流泪，那眼泪使星光变得模糊，令海浪变得寂静。海龟生产完后，用泥沙把大坑严严密密地盖上，才一步一步地爬回暗沉沉的大海。疲惫不堪的它，心里应该是骄傲而又喜悦的，因为它知道，埋在沙坑里的小龟蛋，只要经过五十天左右的孵化，便可破壳而出，变为一只只活泼可爱的小海龟。可是，它全然不知的是：这场耗尽元气的生产，仅仅是白耗力气的活儿；它升作母亲的愿望，只是一个海市蜃楼般的奢望，因为利欲熏心的人类，在它疲惫不堪的身子还没隐没于大海时，便已将沙坑里的龟蛋悉数挖走了。有些人甚至将产后的海龟也一起拎走。

在产卵季节里，雌龟能生产三窝至六窝蛋，每窝蛋多达一百余枚,生产间隔期约为十五天。之后,它必须休息两三年,才能储集足够的体力再次生产。然而,不论海龟产蛋率有多高,市场还是供不应求;同时,在人类的滥捕滥杀之下,海龟的数量已逐年递减。

此刻,摆在我面前的那一盘海龟蛋,不知怎的,竟幻化为一颗颗很大、很圆、很晶莹的泪珠……

来者，必去

匕首

脾气是匕首。

这样的匕首，每人都有一把。

修养好的人，让匕首深藏不露，不到万不得已，绝不亮出它；然而，涵养不到家者，却动辄以匕首来保护自己可怜的尊严——不论大事小事，只要不合心意，便大发雷霆，以那把无形的匕首胡乱伤人，家人、下属、朋友，无一幸免，被他刺得遍体鳞伤。他还理直气壮地说："发脾气对我来说犹如放爆竹，噼噼啪啪放完了，便没事了。"没事的是他自己。别人的感受如何，他可曾顾及？

脾气来时，理智迷路，每一句话都浸在刀光剑影里，寒光闪闪。道行高的，也许还懂得闪避、脱身；然而，一般人却只有呆呆木立，任由匕首乱刺，痛苦地看着自己的心脏淌血。

受伤的次数多了，便偷偷把自己拥有的匕首拿出来磨。悄悄地磨，狠狠地磨，在磨匕首的同时，也磨勇气。

终于，那一天来了。

惯用匕首的那个人，又以他的匕首在这里、那里，不分青红皂白地乱刺。伺机报复的那个人呢，抿着嘴，不动声色地将那把磨得极利的匕首取出，猛力掷出，"嗖"的一声，匕首直击要害。

那人应声倒地的一刹那，才恍然大悟：哎哟，别人身上原来也是有匕首的！

所以说啊，亮出匕首时，能不三思吗？

来者，必去

锦鲤

在屋外的鱼池，我养了二十多尾锦鲤。

一日，正当我满心欢喜地欣赏满池晃动的缤纷时，突然发现那尾身子纤长的锦鲤出现异状：它眼珠上方，长了一个大若拇指的瘤，深褐色，恶形恶状。

朋友劝我以大局为重，赶快进行"人道毁灭"。然而，这尾鱼，五彩斑斓且体态优美，我已经养了两年多，有了深厚的感情，无论如何也下不了手。心想：就听天由命吧，也许，它能逃过一劫。

不久，我出国旅行，锦鲤交由女用人饲养。一个月后回来，蹲在池边，轻声呼唤，深谙人性的锦鲤纷纷浮上池面。我愉悦地撒下鱼食，快乐地欣赏群鱼争食的热闹场面。就在这时，我突然看到了池中一个令我惊骇欲绝的现象——多尾锦鲤，惨遭病毒感染，每一尾都长出了大若拇指的瘤，其中有些还因溃烂而变得血肉模糊！

心如刀割，将它们一尾一尾捞上来，进行"人道毁灭"。

如果当初当机立断地处置掉那一尾生了病瘤的锦鲤，就不会祸延无辜了。

妇人之仁，有时是最大的失误。

来者，必去

赢家

当许多家庭都因婆媳关系所引发的问题而闹得鸡犬不宁时，阿卿却是她婆母的掌上明珠。

有人向她探问秘诀，她亮出屡试不爽的"醒世格言"：吃暗亏，别在意。

她举例说明：

"我的婆母是中国南方人，节俭成性。家中伙食，多以青菜、豆腐为主。闲来无事，她喜欢去当义工。有一回，她交给我50元，说某个团体要慰劳30名义工，嘱我帮忙烹煮食物。50元，要煮30个人的食物，难度实在太大了呀！我思前想后，决定拟一则白色的谎言。我去菜市场，花了将近200元买菜，煮出风风光光的一顿餐食。人人吃得心花怒放，赞不绝口。婆母开心极了，逢人便说：'是我儿媳妇煮的呢！'说这话时，她连眼睛都会笑。以后，有同样的差事，她总交给我做。我呢，也总是像这次一样，赔钱只为买她快乐。有人说我傻，暗亏吃了一次又一次，居然乐此不疲。可是，你且想想，我花了区区小钱，便为我的婆母赢得了如潮的赞美和天大的面子，同时为许多义工带来了快乐和期盼，我吃的究竟是哪门子的亏呢？"

她继续说道："当你心中有爱，自然就能得到爱；当你用双手送出快乐的时候，你也会接收到快乐。"

吃"暗亏"的阿卿，其实是生活最大的赢家。

来者，必去

笨蛙与蠢蝎

读及一则有趣的寓言。

蝎子想过河，但它不会游泳，请求青蛙驮它。青蛙起初不答应，因为怕蝎子蜇它。但是，蝎子反问道："如果我这样做，大家不是会同归于尽吗？"青蛙认为有道理，就爽爽快快地背着蝎子过河去。万万没有想到，才游到河中央，青蛙就觉得背上被蝎子狠狠地蜇了一下，青蛙痛不可当，结果呢，双双沉到河底了。青蛙在沉下去之前，不甘心地对着蝎子大叫："为什么你要这么做？"蝎子回答："没办法，因为我是蝎子。"

这则寓言内在的含义是：江山易改，本性难移。

和一个思维敏锐的朋友谈起这则寓言，他笑道："青蛙笨，蝎子蠢，两者是绝配。"他进一步分析道："利益当头，性命攸关，本性绝对是可以暂时加以压抑的。毒而不精的蝎子，没有顺应环境自我控制，没有认清目标做出调整，最后赔上性命，咎由自取。至于青蛙呢，完全不懂得'害人之心不可有，防人之心不可无'的古训，明知蝎子有剧毒，却依然懵懵然轻信其言，最后赔上性命，怨不得人。"

笨蛙和蠢蝎，半斤八两。

人生，有着大大小小许多战役，知己知彼，方能百战百胜。

蝎子连自己的本性都控制不了，何能言胜？青蛙呢，知己不知彼，自然败得一塌糊涂了！

朋友接着把这寓言引申到现实的例子里，他滔滔不绝地说道：

"我们的社会，到处都是睁着眼看不见陷阱的青蛙，所以才会有那么多可笑又可气的真实故事一而再，再而三地发生。你看看，一粒一无是处的小石头，被吹嘘成可治百病的魔石，明明是不堪一击的谎言嘛，居然可以让许许多多老人好像扑火的灯蛾一样，前赴后继，一次又一次地上当！"

更荒谬的是，有人打电话给老叟或老妪，诳称是其国外的亲戚并病重，要求他或她将数千元现钞用报纸包了，丢进楼下的垃圾桶里。老叟或老妪不见其面，只闻其声，竟然像中邪一般，言听计从，照做如仪。多年积蓄，就在这种愚不可及的盲目信任下，化为缥缈的烟雾。

他人有难，拔刀相助，当然是值得鼓励、值得喝彩的义行，可是，没有查究真相便贸然地伸出援手，那种善良等同于"愚善"，不但帮不了他人，还会连累自己。

青蛙在驮着蝎子过河的时候，如果能穿上一件"百毒不侵"的铠甲，在帮蝎子的同时也防它，就算后来发现"善无善报"，也不会祸延自身而沉尸河底呀！

善良，也是需要动用智慧的。

心里那只"鬼"

一日,车子在高速公路上飞驰,左边车道的一名善心人指指我的轮胎,做了一个手势。

咦,是轮胎不够气吗?或者,轮胎正在漏气?

这样想着时,我突然感觉到车子出现了令我不安的震动;可是,由于置身于高速公路,无法停下来检查,我心里生出了一个小小的疙瘩。

车子继续行驶着。然而,过了不久,另一位好心的司机又指了指我车子的同一个轮胎,以食指不断地画着无形的圆圈。啊呀,莫非我车子的轮胎要"投奔自由"了?有冷汗从我额头沁出,这时,我觉得连方向盘都在颤动了,使我有把持不住的感觉。

来者，必去

第三个善心人，是一名计程车司机，他把车窗摇下，向我大声喊道："轮胎！你车子后边的轮胎，出了问题！"他话音甫落，我感觉到整辆车子都好似倾斜到一边去了，心悸万分地放慢了速度，找了个高速公路出口，心急如焚地驶了出去。

离开大路不远，有家修车厂。一停下车子，我便把头从车窗伸出去，对迎上来的工人绘声绘色地说道：

"轮胎出了问题，可怕极了，整辆车子都在震动，而且，倾斜到一边去了。"

工人绕到车子后边，蹲下来，一看，便"扑哧"一声笑了起来，说：

"轮胎哪有问题！只不过是轮胎的盖子松脱罢了！"

我下车去看，果然，那个盖子，松松地罩着，我用手碰了碰，它便"哐当"一声掉了下来。

工人解释道：

"当车子以高速行驶时，松脱的盖子造成了一种错觉，看起来好像是轮胎不稳，不断地在跳动。实际上，它对驾驶不会造成任何恶性影响。"

疑心生暗鬼。

心里的那只"鬼"，比任何东西的杀伤力都大、都强、都厉害。

痛

转述一则听来的故事。

在英国,有位心理学教授约翰,上第一堂课时,给大家讲了一个妙趣横生的小故事,全班哄堂大笑,笑得上气不接下气。接着,他正儿八经地谈了一些严肃的课题。

15分钟后,他又唾沫横飞地把刚才那个诙谐的小故事从头到尾复述了一遍。这时,只有几个学生应酬式地咧嘴笑笑,有几个则礼貌性地牵牵唇角,大部分学生心里都浮着一个疑问:难道这位看似风趣的约翰教授,患上了可怕的健忘症?

万万没想到,半个小时之后,约翰教授竟然又一字不落地把那个故事复述了一遍。这一回,大家面面相觑,没有人再笑了。就在这凝重而尴尬的静默里,约翰教授先用目光缓缓扫过

来者，必去

班上的每一个学生，然后好整以暇地说道：

"同学们，你们不会为了同一个笑话一而再，再而三地发出快乐的笑声，可是，为什么常常为了同一件事情而悲伤哭泣呢？"

睿智之言，醍醐灌顶！

踢

有一回，在飞机上，一名五六岁的小童因为穷极无聊而不断地用脚踢前面的椅子，一下、两下、三下、无数下；我就好像坐在颠颠簸簸的小舟里，晕头转向。在忍、忍、忍而无法再忍的情况下，我转过身，礼貌地要求他不要再踢。可我一坐下，便听到他大声说道："前面那个人好讨厌啊！"万万没有想到，他的母亲竟细声附和："是啊，真是讨厌，别理她！"

我默默地想，在这种是非不辨的家庭教育下，男童今天踢的是椅子，将来便会毫无分寸地踹在别人的心上。当他狠狠地踹着别人时，他的脚板也许会逐渐长出一块无知无觉的茧；而这块厚厚的茧，是自小在父母的助长下形成的啊！

另有一回，在大庭广众之下，看到了一幕让我心重如铅的

来者，必去

"人间闹剧"。

一个约莫七岁的男孩，站在池塘旁嬉戏。池塘里，多尾锦鲤以缤纷的色彩织出了让人心醉的斑斓图景。小男孩拿着一大包油腻腻的炸薯条，双手一翻，便想将薯条倒进池塘里。用人眼尖，劈手夺下。男孩非常生气，飞起一脚，结结实实地踢在用人的膝盖上。用人吃痛，颤声说道："我去告诉你妈妈！"小男孩问："你说你要告诉我妈妈？"用人说："是啊！"小男孩有恃无恐，又提起腿来，连续踢了用人两三脚，边踢边说："你去讲啊，我让你讲个够！"就在这个关键时刻，女主人出现了，她气定神闲地喊着："汤尼，你在玩个啥呀？"瞧瞧瞧，儿子出了狠劲儿在踢用人，用人被踢得龇牙咧嘴，落在她眼里，竟是一场无关痛痒的游戏！

小男孩今日踢的是用人，他日，当养而不教的父母拂逆了他的意愿时，他那双凌厉无比的脚，会不会朝父母踢过去呢？

再有一次，一名穿了校服的小童，在妈妈的陪同下，一蹦一跳地在路上走着。路旁，躺了一只野猫，病菌像烟气一样缠绕在它软绵绵的躯体上。小童经过它身边，说时迟那时快，抬起脚猛力踢去，病猫闷哼一声，棉絮般的身子飞得老远，当它跌落地面时，我仿佛听到骨折筋断的声音。实在气不过，我大步迈上前，对男童说道："你怎么可以这样做呢？猫……"话还没有说完，男童的母亲便气急败坏地抢着对他说道："是啊，是啊，我和你说过的呀，不要随便去踢这些肮脏的野猫、野狗，它们如果被你踢痛了，会咬你的呀！你怎么不顾危险呢！"我一听，整颗心都凉了。孩子踢猫、踢狗，是任意蹂躏其他生灵的丑恶行径，她不去教导孩子尊重生命之道，却把训斥的重点引到其他层面上！

一个惯常用脚把其他生命踢个稀烂的孩子，胸腔里的那颗心，慢慢会变得僵硬，像石、像铁。成长之后，在职场上，或者在社会里，他可能时时会使出"连环三脚"，冷酷无情地"滥杀无辜"。

踢，是人类的本能。婴孩呱呱坠地不久，便已懂得用那双粉嫩的脚，一下一下地踢进空气里，快乐而惬意。然而，在成长的过程中，教导孩子如何踢、踢什么、该不该踢，通通都是父母的责任。

睿智的父母，会教孩子以坚忍的毅力踢掉妨碍成长与成功的各种困难；然而，溺爱孩子的父母，却放任孩子不分青红皂白地胡乱去踢，小则踢椅子，大则踢生命，最后，把自己的品德与人格都踢掉了。

来者，必去

僧侣与猫

那名穿着黄色袈裟的僧侣，端端正正地坐在干干净净的地板上，手上拿着的圆形藤圈，离地足足有三尺来高。

那猫，身体挺直，头微微上仰，神气而自信地站着；圆圆大大的猫眼，琥珀色，炯炯有神地凝视着僧侣手上的藤圈。

僧侣纹丝不动，猫也伫立不动。

眼前情景，好似电影里的一个凝镜。

突然，有一个字，清晰而响亮地从僧侣的口中溜了出来：

"跳！"

那猫，在电光石火之间，纵身一跳，准确无误而又潇洒自如地从僧侣高高举着的藤圈里跳越过去！

老虎、狮子和海豚跳越圈子的把戏屡见不鲜。然而，猫？

我几乎怀疑我的双眼出了问题。

在我的要求下，僧侣让他所饲养的十只猫轮流跳藤圈。它们意兴勃勃，一跳再跳，居然无一失误，好似跳藤圈就是它们与生俱来的本能！

这座养着"特技"猫的寺庙，坐落于缅甸东部一个小小的岛上。这岛，位于风光优美如仙境的茵莱湖。

在那个清风徐来的早上，坐在寺庙内，与和蔼可亲的僧侣攀谈，才知道在"猫跳藤圈"这个传奇性的经历里，蕴藏着一个动人的小故事。

在僧侣来这座寺庙之前，寺庙原有的住持已经独自在这儿住了39年。长年终日陪伴他的，就只有一只猫。住持相信，只要意志够坚强，就可以克服任何困难。他以猫作为训练对象，培养自己的意志力。训练猫的难度，是超乎想象的。开始时，只是把藤圈放在地上让它跨过，然后逐日、逐月、逐年，把藤圈一分、一分、一分地提高、提高、提高。如此持续不断地训练了好几年，才训练成功。说也奇怪，它所繁殖的后代，自小看它跳藤圈，没费多大工夫，竟也一只一只地学会了。于是，在这寺庙里，猫跳藤圈的技艺，代代相传。去年，寺庙里总共有16只猫，只只会跳藤圈。可惜的是，年尾鼠患肆虐，附近人家用药为饵，毒杀老鼠，庙里6只猫吞食了含有毒素的老鼠，毒发身亡。现在，身怀特技的猫，就只剩下10只了。

台前十秒钟，台后十年功。

来者，必去

　　没有经过刻苦的训练，纵有天赋的特殊潜能，也发挥不出来。

　　僧侣看着寺庙的猫一次又一次轻松愉快地跳过藤圈，脸带微笑而意味深长地说："天下无难事，只怕有心人。"

饮料人生

人生如饮料。

少年多喜欢汽水,它五颜六色,它缤纷美丽,一如他眼中的世界。人生百味,他独独尝到甜味,那是一种单纯而又快乐的滋味。

进入成熟期,他工作,他恋爱。这时,他的口味转向了咖啡。咖啡苦中带甜、香里含涩,隐隐有一种刺激感,符合了他复杂多变的心态。这个时期,见山非山,见水非水。他的心中,自有尘世之外的青山和绿水。他有奋斗的理想和野心,他有成家的需要和愿望。事业和爱情,都可能给他一些小挫折,他在笑里流泪,又在泪里微笑。他患得患失,却乐在其中。

中年以后,他爱上了中国茶。中国茶那般若有若无的幽

来者，必去

香，是深藏不露的，它恬淡而隽永、沉实而深刻。它绝不肤浅地刺激味觉，喝下之后，缠在舌上的清香，叫人回味无穷。

江山已定的中年人，这时见山是山、见水是水。对生活，他再也没有不切实际的憧憬，他充分领略"夕阳的绚烂难以久留"的道理，所以，他珍惜每一寸光阴，让每一个日子都包裹在平实的快乐里。

进入暮年，他只喝白开水。白开水，不含糖精，没有咖啡因，也无茶碱，一味地淡，但如果细细品尝，却也能尝出一股隽永的甜味。人生的绮丽风光，他看过了；人生的惊涛骇浪，他也经历过了。成败得失，俱成过眼云烟。

此刻，他安恬地坐在摇椅里，回首前尘，一切恍若在梦中。清风徐来，鸟声嘟啾，他安稳地睡去了。在梦里，不识愁滋味的他，捧着一瓶汽水，咕噜咕噜地喝着……

野菇

　　那一朵野菇,出奇地大、出奇地白、出奇地圆,孤芳自赏而又洁身自爱地长在肯尼亚广袤荒蛮的土地上,好似从地底深处冒出的一把小圆伞,刻意为随兴出游的土地公遮风挡雨。

　　来自五洲四海的几名旅者,围在野菇旁边,啧啧称奇。有个饥肠辘辘的人,忽然意兴勃勃地道出了烹煮野菇的几种方式,众人七嘴八舌地拟出自己心中的食谱,正谈得高兴时,忽然有人大煞风景地说道:"这种野菇,也许有毒呢!"于是,谈论的焦点,又转移到"野菇是否可食"这个话题上。这时,此前一直保持缄默的美裔女子凯德琳,忽然开口说道:"野菇白白嫩嫩、柔柔软软,当然可吃、好吃。可是,吃进肚子以后,你用胃来消化它,它呢,却用自己整个生命来消化你的生命。"

　　这话，醍醐灌顶。

　　是的，在人生的道路上，明明白白地占着别人便宜的人，在沾沾自喜的欢愉中，嘴角的笑意还未消退，也许便得付出此生难料的惨重代价了。

蜥蜴

外出归家,正站在门外掏钥匙时,突然听到女儿尖声地叫嚷:

"啊,蜥蜴,有蜥蜴!"

那只蜥蜴,就近在眼前,淡淡的褐色,长约尺余,累累赘赘地拖着一条细细长长的尾巴,身体干干硬硬的,表面布满了细小的鳞片,好似一具木乃伊。

像所有成长于都市的孩子一样,女儿怕得头发直竖,快速地跳进屋子,赶紧拉上玻璃门。一脸凶相的蜥蜴,恶作剧似的趴在门外,不怀好意地瞪着我们。这时,我硬撑着的勇气也溃散了。我火速逃离现场,不敢与它对峙;心想,等一会儿,它觉得无趣,自然会爬走的。

来者，必去

　　一个小时过后，母女俩都忘了这一回事。女儿进厨房拿点心吃，才迈进去，便退了出来，狂叫不已："妈妈！妈妈！蜥蜴在储藏室！"侧耳细听，与厨房相连的储藏室，果然传出了一阵又一阵令人毛骨悚然的声音，尖厉而又凄厉、悲酸而又悲惨。啊，蜥蜴居然"登堂入室"，近在咫尺，太恐怖了！

　　母女俩争先恐后地跑出厨房，连红豆汤也不拿了。

　　真没想到，蜥蜴竟能发出这样响亮的叫声！

　　呵，我究竟该怎样把这只狰狞的东西赶到屋外呢？一整个下午，在它连续不断的怪叫声里，我坐立不安。

　　当天傍晚，先生日胜一回来，我便紧张兮兮地要他立马驱逐这只"不速之客"，没想到他居然兴奋难抑地说："用它与药材一起熬汤，滋补得很呢！"说到这儿，储藏室又传来蜥蜴那凄厉的叫声，日胜立刻起了疑心："蜥蜴哪会发出这样的叫声？"我没好气地应："你自己去看吧！"

　　他拿了棍子，直捣储藏室，才进去不久，便听到"乒乒乓乓"一阵乱响，接着，有个黑影从储藏室飞窜出来，朝敞开着的大门飞奔而去，转瞬间，踪影全无。

　　我目瞪口呆。

　　这，哪儿是蜥蜴呢？明明是只野猫嘛！

　　这只大肥猫，不知几时潜入屋内寻找食物，误闯储藏室，不慎碰倒了一盒东西，被它压住了半边身子，脱身不得，才哀哀惨叫。我和女儿草木皆兵，误将它当成蜥蜴，一整天以它为

"假想敌",怕它,恨它,甚至想消灭它。

　　人世间许多冤屈的事件,正是由这种"杯弓蛇影"的心态造成的。

来者，必去

恨

2010年5月，我决定去伦敦探访在那儿工作的次子和幺女。然而，就在动身的前夕，忽然接到女儿的电话。电话中的她，泣不成声。

我吓坏了。

女儿性子独立，行事稳重，向来处变不惊，究竟发生了什么事，竟使她激动如斯、伤心若此？

等她情绪稳定之后，我才从她口中探知了端倪。

她和两位朋友在伦敦一个宁静的小区共租一幢双层的小房子，有三个房间，还有客厅、厨房和小花园。

伊丽莎白是杂志主编，博学多才；丽贝卡是银行公关，开朗活泼。女儿和她们甚是投契，相处愉快。她常常说："有好的屋友,千金不换啊!"每每从事务繁忙的法律行回返这个淡淡地散发着薰衣草香味的小房子,她都身心彻底松弛了。三人时常秉烛夜谈,交换对各种事情的看法,通过持续的脑力激荡,不断地调整自我的价值观。

没有想到,这种平静快乐的生活,居然在伊丽莎白结交了一个男友后,彻底改变了。

这位男子,高大壮硕,沉默如山,虽然多次到访,甚至留下过夜,但是对伊丽莎白的两位室友,却视若无睹,傲慢得近乎无礼。对他而言,爱情是一根"绳索",他用这根"绳索"把伊丽莎白捆得死紧。当感情浓若蜜糖时,伊丽莎白甘于被捆,乐于被捆,她疏远了其他所有同性与异性朋友,即使对两位屋友也形同陌路。然而,当那根"绳索"捆得她透不过气来时,她便尝试为自己松绑。

松绑的结果,惨烈得连她自己也意想不到。

那天晚上,男友在伊丽莎白的手机里查到了其他男子发来的短信,起初以粗言秽语辱骂她,接着动粗,伊丽莎白惊喊救命。女儿和丽贝卡从房间里冲出来时,就在大厅里,看到了那骇人的一幕:男友死命掐住伊丽莎白的脖子,要置她于死地;伊丽莎白双眼暴突,双手猛抓空气,如同垂死的困兽猛烈挣扎,状极恐怖。看到从房间里冲出来的两名"救兵",男友松了手,却抄起了一旁的小凳子,往她头颅砸去。

"她的额头破开一个大窟窿,鲜血像喷泉啊!"女儿哭着

来者，必去

说，"他怎么下得了手呢，这么狠！"

警方上门时，伊丽莎白的男友已经逃走了。伊丽莎白在医院留医，额头缝了好多针。女儿从医院回家后，和丽贝卡两个人清洗墙上斑斑的血迹，死命刷、死命擦，总算把飞溅四处的血迹清除殆尽了，可是，阴森诡谲地浮在屋子里的那一股恶臭的血腥之气，却无论如何也除不掉；当然，更拭不掉的，是那魑魅魍魉般的黑色记忆。

"搬家！"我对女儿说，"立刻找间屋子，搬出去！"

"我不能！"女儿抽泣着说，"我不能把伊丽莎白抛下不管，她这个时候最需要的就是陪伴！"

我辗转难眠。次日，飞赴伦敦，女儿来机场接我们，双眼肿若胡桃。谈起这事，一直让她难以释怀的是，当爱情变了质时，怎么会变成伤人的硫酸呢？在她的意念里，爱是能够包容天地的呀！

我们偕她去苏格兰玩了一周。回返伦敦后，隔了几天，她竟对我说道："妈妈，我想搬出去了！"我曾劝过她几次，她都以要陪伊丽莎白渡过难关为由而拒绝找房子，现在，她怎么又改变初衷了呢？我狐疑地看着她。她掏出了一封信，让我读。

信是伊丽莎白在医院写给女儿的，除了因那晚发生的事情对女儿致歉之外，全信都是对男友咬牙切齿的诅咒，用词之恶毒、用语之尖厉，叫人毛骨悚然，如果男友出现在眼前的话，她也许会化身为一把匕首，狠狠地插进他的心窝。

女儿平静地说："她的男友以双手使用暴力，她以脑子使用暴力。"顿了顿，又说："我不能和一个全身都是恨的人住在一起。"

来者，必去

沙漠的猎鹰

那一片地，很空旷，两边长着矮矮的树。

此刻，落日在大地静静铺陈出一片苍凉的血红。

来自南非的耶斯，身材异常魁梧，他用手温柔地解开了猎鹰黑色的眼罩，猎鹰凶残无仁的脸便完全暴露了，让人不由自主地打了个寒战，担心它会突然飞过来把人的眼珠啄掉。

看见众人脸上的惊恐，耶斯平静地说道：

"猎鹰貌似凶狠，然而本性怕人，我们只要不去惹它，它是绝对不会发动侵袭的。唯一危险的是那些刚刚有了雏鸟的猎鹰，出于母性的本能，攻击性极强。"说着，耶斯嘴角浮起了一抹淡淡讥讽的笑意："在生物界，杀戮性最强的，其实是人类。禽鸟百兽为了基本的生存而格斗，可是，人类却常常为了各种莫名其妙的理由而斗个你死我活。"

猎鹰，在过去的艰苦日子里，对于生活在沙漠的阿拉伯人非常重要。阿拉伯人喜欢利用飞行快速、动作敏捷的猎鹰狩猎，猎取野兔、野鸡等。猎人只要将猎物从隐秘的地方赶出来，便可以利用训练有素的猎鹰飞擒猎物，百发百中，而这可以大大减轻猎人追赶和围捕的劳累。此外，猎鹰易于捕获，易于训练，饲养成本又低廉，因而成了阿拉伯人狩猎不可或缺的好助手。

现在，在经济蓬勃发展的阿拉伯联合酋长国，猎鹰已被挥金如土的阿拉伯富人视为权力、财富和地位的象征。阿拉伯人捕获猎鹰之后，将驯服猎鹰当作一种强身健体和锻炼意志的活动；至于利用猎鹰到野外狩猎，则变成了一种消遣性的活动。

此刻，置身于阿拉伯联合酋长国最北端的哈伊马角，看耶斯示范如何驯服猎鹰，真是一次新奇的经历。

"我们是以白鸽为饵来诱捕猎鹰的。"耶斯说，"在白鸽身上，我们绑上多根细细的线作为圈套，当空中盘桓的猎鹰俯冲而下，飞擒白鸽时，立刻被白鸽身上的乱线缠绕住了。它抓到了白鸽，我们抓到了它。"

嘿，好个"螳螂捕蝉，黄雀在后"呀！

"猎鹰初捕，急躁不安，必须为它们戴上特制的眼罩，借着黑暗来消除它们的恐惧、不安、慌乱。之后，让它们饥，让它们渴，借以磨掉它们的锐气和傲气。"耶斯有条不紊地说道,"要知道,食物对于猎鹰来说,是十分重要的。为了生存,猎鹰有着极强的扑擒能力。现在,猎鹰被擒拿了,猎人必须向它们清楚地传达一个信息:唯有听话,才能获得赖以活命的食物。一旦食物变成了人与猎鹰之间沟通的有效媒介,所有的训练工作都会事半功倍!"

然而,被猎人擒捕的猎鹰,很快便会面临一个问题。

它们定时被喂饲,渴了、饿了,水和肉便会送到嘴边来,不费吹灰之力。久而久之,猎鹰会耽于逸乐,不思飞翔。本来嘛,猎鹰的世界就只有简简单单的两件事:食物与飞翔。为了觅食,必须奋飞;现在,食物的问题解决了,还辛辛苦苦地飞来飞去,不是找罪受吗?于是,吃饱之后,它们把一只脚缩起来,以金鸡独立之姿,将整个头颅缩进羽毛里,好像一只无头鸟,舒舒服服地进入梦乡。

为了保持猎鹰的战斗力,使它们能持之以恒地飞呀、冲呀,猎人每天都必须一遍又一遍地"劳役"它们。

耶斯示范。

他以捆成一团的羽毛为道具,以线系住羽毛团,像放风筝一般拼命挥动羽毛团,造成一种"鸽子近在咫尺"的假象。被去掉眼罩的猎鹰立刻扑向羽毛团,然而,鹰爪才一碰到羽毛团,耶斯立刻将它移开,如此翻来覆去地做,那假鸽子对于猎鹰来说,宛如"镜中花,水中月"一样,永远可望而不可即,而猎鹰,就被迫一次又一次地振翅高飞。飞累了,而目标依然在空中飘来飘去，它索性栖息在不远处的一株矮树上，不肯再动了。这时，耶斯取出了一大块肉，高喊一声，它闻声、闻香，又如出弦之箭飞扑过来，快乐啄食，浑身是劲。

"如果我们不是天天以肉为饵强迫它们飞，日子久了，好食懒动的它们，便可能因此而丧失飞行的能力！"

瞧！纵是小如猎鹰，倘若安于逸乐，也会遇到生活的危机和生存的威胁呢！

来者，必去

食髓知味

  尼泊尔颇具经验的猎虎专家艾默特里，告诉我一个有趣而恐怖的事实：活动于丛林中的老虎，一般喜欢捕食肉多的动物，如水牛、鹿等，它们对于人类兴趣不大，狭路相逢时，只要人类不主动采取攻势或是惊慌奔逃而引起误会，老虎通常不会扑而噬之。然而，值得注意的是，老虎一旦吃过人肉，就会自此上瘾，见人就吃。

  像这类"食髓知味"的老虎，是危险性最大的。有鉴于此，尼泊尔的野生动物园如果发现"老虎噬人"的事件，有关部门一定会派遣艾默特里去把这头老虎生擒回来，关到动物园的铁笼子里，以策安全。

  我好奇地问道："尼泊尔国家野生动物园里有七八十头老

虎，你又如何辨识哪头老虎曾噬过人肉？"

艾默特里答道："曾噬过人肉的老虎，一旦嗅到人气，看东西的眼神和走路的动作，都会发生明显的变化，有经验的猎虎者一看便知，他会立刻发射麻醉针，把这只危险性极高的老虎生擒回来。"

瞧啊，叱咤丛林的老虎之所以会沦为可怜兮兮的"笼中客"，全因为那眼神、那动作在无意识中出卖了它。

来者，必去

剑与玩具刀

在杂志上读到过一则寓意深长的短文。

作者忆述，当年求学时，校中两名老师留给学生截然不同的印象。

甲凶巴巴的，纪律极严，课堂内鸦雀无声，课后作业数不胜数，学生们怨声载道，背地里喊她"母老虎"，谈起她时都咬牙切齿。

乙呢，刚好相反，外号是"圣诞老人"，一迈入教室，闲话一箩箩，功课半点无，教室内人人谈笑风生，轻松自如，皆大欢喜。

现在，这个离开校园好多年的青年，以深思熟虑的笔调写道：

"当年为我所痛恨的那位老师,给了我一把锋利的剑,使我进入'武林'后有了充分的自卫与反击能力;至于那个大家都喜欢的老师呢,给我的却是一把玩具刀,当初爱不释手,然而,真正想用它而拔它出鞘时,却发现它毫无用处!"

寥寥数语,醍醐灌顶。

许多当教师的,都有共同的经验,每每把作业分配给学生,不少学生都会脸若黄连,叫苦不迭:

"哇!这么多!哪里做得完!"

这些叫喊声,毫不掩饰地表达着厌烦、无奈与不快。只是,他们没有想到,教师教导了整整五个班的学生,每个班四十人,每份作业一分配下去,教师便得苦苦地伏案改上两百份!

对于负责任的教师来说,明明知道学生不喜欢额外的作业,明明知道学生痛恨"排山倒海"的测验,而且,他们也清清楚楚地知道,多一份作业、多一份测验,也就意味着多一份辛苦、多一份操劳,可是,俯首甘为孺子牛的他们,甘之如饴。

他们将一把把精心铸造的利剑送到一批批学生手上,安心而又放心地让他们去打天下。至于学生是不是心存感激,对他们并不重要。

可以肯定的是,有一天,当莘莘学子扬起锋利的长剑在空

来者，必去

中画出一道道亮丽的虹光时，他们当能在灿烂的光影中看到老师欣慰的笑脸。

柔情绰态

貳

人生如花,而爱便是花的蜜。

脚镣与飞轮

第五次走到铁门处张望,屋外那条长长瘦瘦的路,还是空空寂寂的。暮色,意兴阑珊地弥漫开来;骤然亮起的街灯,在夜空中浮起一圈一圈不知所措的晕黄。

女儿每个星期二参加课外活动,活动过后,搭车回家,最晚六点便可以抵家了。可是,现在,已近八点,人未见,冷冷的电话亦好似哑巴,我觉得自己像是活生生被扔进热锅里的一尾鱼。

足足等到八点半,才看到她披着夜色一蹦一跳地走进家门,眸子还闪着快乐的余光。我悬着的心一回归原位,怒气便相应而生。看到我那张变成了青苔般颜色的脸,她才嗫嚅地解释:"活动过后,与同学留在快餐店讨论作业,没有想到时间一晃而过。"想到刚才坐立不安的焦灼，再看到一桌的冷饭冷菜，我怒极而骂，之后冷着面孔，一整晚不再与她说话。

次日，办好事情驾车回家时，一个熟悉的身影突然跃入眼帘，啊，是女儿呢！一反平时活泼轻快的走路方式，她的双脚，宛如上了脚镣，沉重、迟缓，一步一顿，好似前方是个可怕的深渊。我的心，突然像船只一样，颠簸起来了。我把车子停在她身旁，让她上车，装着若无其事地问她："天气这么热，你走得这么慢，不怕被'烤熟'吗？"听到我的语气与平时并无两样，她这才展现了笑脸，说道："我以为您还在生我的气，所以，很怕回家呢！"这话，顿时化成了一块无形的砖，堵得我胸口十分难受，而多年以前的一件事，也在电光石火间闪现于眼前。

那时，我带着两岁的长子飞抵先生日胜工作的沙特阿拉伯。居所位于山脊，家中没电话，荒凉又荒寂。日胜工作繁重如山，常常迟归，我也因此常常发脾气。一夜，抱着孩子，站在那个好似被整个世界遗弃了的山头上等他，在无边无际的黑暗里，我清楚地感觉到自己已化成了一座火山，而心坎深处那愤怒的熔岩，蓄势待发。终于，车头两盏圆圆的灯，好似怪兽的两只眼睛，由远而近、由近而更近。车子一停下，车里的人，化成了一支出弦的箭。他跑，拼命地跑，跑向那泻出温暖灯光的家门。在那一刹那间，我的眼泪突然汨汨地流了下来。啊，那一双大大的、跑得飞轮般的脚，强烈地透出了一种"想要回家"的信息，我还有什么可怨、可气的呢？

从此，我很努力地营造家的气氛，让疲劳归家的人一看到那扇门，双脚便化成"飞轮"。

此刻，坐在车里，我转头对亲爱的女儿说道：

"我刚刚买了你最爱吃的芒果蛋糕呢！"

来者，必去

辫子里的笑声泪影

拥有一头好似瀑布的黑发，是我这一生连做梦都觉得太奢侈的愿望，原因是我的头发粗而硬，一根一根好似钢丝般竖得直直的。所以，从不识愁滋味的少女时期至冷暖自知的哀乐中年，我一向把头发修剪得短短的。

女儿诞生、成长，长出了满头亮丽的柔发；头发里，美美地藏着我未遂的心愿。她五岁上幼稚园那一年，我便开始让她留长发。然后，每天早上，她坐在矮矮的小板凳上，让我为她悉心编织小辫子。万千黑发绕指，丝丝缕缕皆温柔。她叽叽喳喳地说着童言童语，我乐陶陶地享受着她的纯真。母女连心的感觉，像春天初酿的蜜，甜而浓。一日，我为她的两条小辫子系上俏丽的蝴蝶结，她天真无邪地抓起右边的辫子，说："妈妈,这是您。"又抓起左边的辫子,说:"这是我。"然后,一蹦一跳地上学去了,辫子上的蝴蝶结,忽而左、忽而右,好似两只翩翩飞舞的小彩蝶。

上了中学,她嫌一左一右两条麻花辫子太稚气,要变换花样。我于是到处搜购美丽别致的发夹,想方设法让她满头青丝在我掌心里化出千百样的美丽。但是,这时,正值敏感年龄的她,已由一只千依百顺的小绵羊变成了难以相处的小山羊,头上的"角",尖而长,偶尔碰及,痛不可当。渐渐地,她有了不愿跟我分享的秘密,她关在房里用笔杆静静地对日记说,她坐在房外用电话悄悄地对朋友说,说来说去也说不完;然而,当我们亲昵地坐在一起时,我为她编织发辫,她却选择沉默。那种沉默,是横在我心上的一堵墙。慢慢地,我的脸也成了一堵墙,冷而硬。她是一只蚕,家是茧,她急于摆脱束缚,天天放学后往外跑。我呢,变成了终日阴阴地回旋着的"龙卷风"。她一回家,风便狠狠地刮向她,给她刮出了满脸的泪痕、刮出了满心的伤痕。在这种"山雨欲来风满楼"的日子里,她的头发,依然不知不觉地长着、长着。然而,为她系发,已是意兴阑珊。

一日回家,我赫然发现,她竟然剪去了长发,发尾削得飞薄,还带着一脸的桀骜不驯。

母女关系,至此进入了结霜的严冬期。

我在袭人的寒气里静静地反省,终于接受了一个痛苦的事

来者，必去

实：叛逆，实际上是孩子成长历程的一部分，而极具杀伤力的"龙卷风"，足以摧毁孩子的自尊与自信。我痛定思痛，自行调整管教方策：减去苛责，减去苛求，给予大度的谅解，给予适度的自由。三尺寒冰，终于慢慢融解。

上了初级学院以后，她的头发又慢慢留长了。

一日，她忽然走进书房来，说："妈妈，帮我编两条辫子，好吗？"几年未编，手艺已生疏，编好的辫子，一条粗一条细，怪模怪样，母女俩齐齐笑倒在地……

洗一洗妈妈的手

网上这篇文章,我觉得年轻人都应该好好读一读。

原文以英文撰写,我试译如下:

一名考取了硕士学位的年轻人,向一家大公司申请一份管理性质的工作。他过关斩将,来到了最后一轮面试。主持面试的,是该公司的总裁,也是最后的决策人。总裁翻看他"战绩辉煌"的履历表,问道:"你求学时,曾得过奖学金吗?"年轻人答:"从来不曾。"总裁又问:"你的学费是由你父亲支付的吗?"年轻人摇头:"父亲在我一岁时便病逝了,是母亲供我读书的。"总裁追问:"你母亲从事什么行业呢?"年轻人说:"她替人洗衣。"总裁听了这话,要求年轻人摊开双手给他看。那双手,柔滑、白皙、完美。总裁便再问道:"你曾

来者，必去

帮你母亲洗衣吗？"年轻人飞快地答道："她做事利索，洗衣比我快；再说，她要我专心读书，从来不肯让我帮忙。"总裁沉吟片刻，然后说："我有个小小的要求，你今天回家后，为你母亲洗洗手。明天，再来见我。"

年轻人觉得这个要求有点突兀，但丝毫不敢轻慢。回家后，立刻打了一盆水，要为母亲洗手。神情诧异的母亲，在把双手伸出来时，百感交集。儿子捧着母亲的手，慢慢、慢慢、慢慢地洗，洗着洗着，眼泪不知不觉地盈满了眼眶。母亲那双手，枯皱、干裂，有着青青紫紫的挫伤。在泪光里，他幡然醒悟，是这样一双挫伤满布的手，为他"洗"出了他的硕士文凭，以及他美好的未来。过后，他一言不发地帮母亲把一大盆衣服洗干净了。当晚，母子交心，倾谈良久。

次日，他去见总裁，谈及为母亲洗手的经过时，眼泪又不由自主地在眼眶里打转。总裁要他坦述心中感受，他抽丝剥茧地陈述："首先，接触母亲的手，我知道了感恩，是母亲的辛劳，造就了今日的我。其次，和母亲一起洗衣，我深切明白了这项看似简单的工作其实是很辛苦的。最后，和母亲长谈，我强烈地感受到家庭成员间关系密切的重要性。"总裁颔首，缓缓说道："我想要雇用的经理，是一个能够感念他人付出的人，是一个能够明白他人成事艰辛的人，也是一个不把赚钱当作唯一目标的人。"顿了顿，他说："你被录用了。"

年轻人受雇之后，在工作上倾尽全力，鼓励团队精神，与大家同甘共苦。他赢得了下属的敬重与爱戴，公司业务突飞猛进。

这则短文里的母亲，和天下疼爱孩子的其他一些父母一样，有个通病——他们常常让孩子穿戴着保护主义的盔甲成长。生活的苦茶，他们自己独喝；生活的蜜糖，他们让孩子独享。孩子躲在大伞下的温煦里，只感受到艳阳的可爱而不知道烈日的猖獗；更可悲的是，他完全体会不到撑伞人的苦心，也感受不到在伞外的苦况。他幸福地成长，长成了一个自我中心主义者，价值观和生活观都有着严重的偏差。遗憾的是，他行为的病源，恰恰是疼爱他的父母。

亲爱的爸爸妈妈啊，在必要时，为孩子准备一把伞，但是，不要做他永远的撑伞人。偶尔，让他被烈日炙炙，让他被暴雨淋淋，让他明白蜜糖和黄连是生活的两种滋味。

更重要的是，在他成长的过程中，一定要他也为别人撑撑伞，这样他才会清楚地知道，伞下的那一片阴凉和安适，是有人刻意经营的。

来者，必去

灯影内的人生

生命里使用煤油灯的那段日子，充满了泪与挣扎。

那时，我才五岁多，住在马来西亚北部一个风光明媚的小镇——怡保。

父亲创办的《迅报》因为曲高和寡，报社宣告倒闭，负债累累，我们一家五口迁入一幢局促的小木屋。

简陋的木屋没有水电的供应，地面潮湿，蚊虫麇集，即使是大白天，阳光也无法透进阴暗的屋子里，我有一种活在麻包袋里的感觉。

夜晚一来，伸手不见五指，屋外阴森恐怖，我们连脚趾都不敢伸到屋外去。屋子里点了煤油灯，飘忽不定的火舌，将憧憧人影贴在薄薄的四壁上。屋里五个人，加上五个黑影，居然不可思议地有了一种无声的热闹。

爸爸性子幽默，尽管在外头为了生活而"碰"得焦头烂额，但是，他把一切的烦恼深深地锁在心扉中，然后，用成箩盈筐的笑话、趣味盎然的见闻、自行杜撰的故事，把我们的童年装点得灿然生光。小小的木屋，常常被笑声震得几乎崩塌。

在孩子们入睡后，他才悄悄地和母亲讨论生计问题。这时，他的话，一句句像钢珠，沉甸甸的，把地板打出了一个个窟窿。睡不着的我，出其不意地被这些钢珠砸伤了，在煤油灯闪烁不定的微弱光芒里，我非常无奈地看到自己的童年长了两条飞毛腿，快速地走远了。

我八岁那年，父亲决定由怡保南下新加坡，加入手足合资经营的建筑公司，当承包商。

初抵狮城，父亲在大杂院里租下一个小房间，一家六口挤在里面。房里装置了一盏赤裸裸的日光灯，亮得扎眼。

这个时期，早出晚归的父亲依然挣扎得很苦，可是，只要手头有一分盈余的钱，他便会为我们买书。用过晚膳后，一家人围桌读书。灯光直直照射在书上墨黑的字粒和鲜丽的图画上，略识之无的孩子，欢欢喜喜地沉浸于书海里。坐在氤氲着书香的房间里，我的心好似靠岸的小舟，安稳踏实。

家里经济状况日益好转，我们也辗转搬了好几次居所，家里开始有了美轮美奂的灯——我们以灯来照明，我们也以灯来美化家园。

来者，必去

　　时光流逝如水，我成长、成家。孩子泥泥两岁那年，先生日胜调职到沙特阿拉伯，我带着泥泥同往，在沙漠里住了一年多。

　　房子立在山脊上，前不巴村，后不着店。

　　大厅里装的是伞形的罩灯，我嫌屋子太暗，便把灯罩取了下来，每回抬头看到那孤零零、光秃秃的灯泡，便觉得它像我自己。

　　日胜常常飞往其他城市开会，一去便是数日。我和孩子面对四壁，日子长得看不到尽头。这时，我最害怕的便是停电了，一停电，整个山头便落入无边无际的黑暗中。沙漠夜晚特有的风，绕着屋子凄厉地吼叫，宛如多头猛兽气势汹汹地在屋外觊觎着。我紧紧地搂着万事不懂、只懂得害怕的泥泥，眼泪一串一串地流。那种被整个世界遗弃了的孤独像流沙，非常绝情地把我沉沉地往下拉、拉、拉……

　　一年多以后，泥泥适应不了大漠那风沙迷漫的环境而患上了严重的鼻窦炎，我带他返国就医，日胜留在沙漠"孤军作战"。信里，他说：

　　"你和孩子留居这儿时，傍晚回家，看到屋内亮着的那一盏灯，心里总有暖流静静流淌。现在，你们回去了，屋子仍在、灯光仍在，可是，那已不是家了……"

　　信未读毕，眼眶已湿。

　　三年过后，合约期满，日胜回国，一家团聚。

我们买了一幢房子，我意兴勃勃地选购各种灯饰，为自己布置一个温暖的巢。

大厅选用的是水晶吊灯，豪华得像个梦；饭厅挂了球型罩灯，柔和的灯光轻盈地落在洁白的米饭上，但觉岁月安好，人亦安恬；书房装了隐蔽式的灯，电源一启动，亮光都集中在稿纸上，我任思潮奔驰，我任灵感翱翔。韶华易逝，我不能白白在世间走一趟，所以，在荧荧的灯光下，我读得更勤，也写得更勤了。

过上这样的日子，连神仙也羡慕啊！

来者，必去

手足情

孩子们坐在厅里观赏电视播映的武打片，我独自一人在房里写信。

突然，厅里传来了一声粗暴的吆喝，接着，是女儿尖锐的哭声。

冲进厅里一看：五岁的女儿捂住左耳，号啕大哭；八岁的小儿子，手足无措地站在一旁。

老大迫不及待地向我报告事情的始末。

事缘老二看戏看得兴起，站起身来，吆喝一声，学剧中人飞出了一招"连环三脚"，不偏不倚，踢中了妹妹的耳朵。

我拉开女儿的双手一看，愤怒即刻好似一团火由心里烧了出来。她的耳壳后方，出现一道一寸来长的伤痕，正有丝丝血水渗出来。

我一面替她敷上消毒药水，一面大声斥责老二；日胜更拿出了藤鞭，准备打他手心以示惩戒。然而，没有想到，涕泪滂沱的女儿却抽抽搭搭地开口为他求情：

"爸爸，不要！不要打他！"

行动太鲁莽了，不打不行！我们令他伸出手来，两边手心，各打三下。他吃痛，却不敢呼痛，只是静静地搓着手，静静地流泪，汪着泪光的眸子，却牢牢地看着妹妹的耳朵，眼里有着一层难以掩饰的悲伤。

把女儿抱上楼去，哄她入睡。老二悄悄尾随而来，站在床边，伸出鞭痕犹在的手，把一片胶布递给我。

嗳，他是真心诚意地感到抱歉啊！

当天夜里，我们都已经入睡，我在蒙眬间突然被捻亮电灯、挪动椅子的声音惊醒了，一跃而起，冲进女儿的房间。就在那儿，就在那一刻，我看到了牵动我心弦的一幕。

我家老二，跪在妹妹床畔，正轻轻地拨开她的头发，低头验视她耳后的伤痕。

一股热潮，蓦地泛上了我的双眼。

来者，必去

香蕉里的爱与恨

　　作家蔡珠儿在散文《香蕉之死》中讲了一则触动人心的故事。这个真实的故事，是希腊朋友瓦西勒斯告诉她的。

　　以前在希腊，香蕉是异国风味的昂贵水果，只有克里特岛产一点，大部分从非洲老远运来，等辗转运抵他所住的小城，蕉皮早已乌黑瘀伤，价格却丝毫未减。有一天，他父亲发薪水，买了一串香蕉回来，很快就被分光，最后剩下一根。他和妹妹追着抢，不惜大打出手，他扯着妹妹的头发喊"小偷"，妹妹也狠狠踢他，大叫"强盗"。父亲闻声赶来，勃然大怒，赏了"小偷"和"强盗"各一巴掌，把那根香蕉狠狠地踩烂。

　　读到这儿，我忍不住被蔡珠儿生蹦活跳的文字逗笑了，但是，笑意还在唇边荡漾，泪光却已悄然闪出。

我想起了好友阿舒。阿舒在家排行第三,上有两个姐姐,下有两个弟弟,一家七口,苦苦地在贫穷的泥沼里挣扎。父亲是建筑工人,母亲是家庭主妇,租了一个房间,却常常交不出房租。房东的目光像秤砣,把阿舒一家人的心压得沉甸甸的。

六岁的阿舒常常挨饿,瘦得像根柳条。妈妈告诉她,如果太饿了,便去喝水,胃囊灌饱了水,便不会疼痛了。那天,当饥饿的感觉再度化成刀子一寸一寸地凌迟着她的胃囊时,她溜进了厨房。厨房里氤氲着一股甜香的气息,她仰头望去,在壁橱的把手上,高高地挂着一串黄到巅峰状态的香蕉,非常饱满、非常诱人。她贪婪地看着,连眸子也沁出了唾液。就在这时,房东迈了进来,冷冷地瞅了她一眼,当着她的面,摘下一根香蕉,剥开蕉皮,一口一口地吃了起来。少不更事的阿舒,呆呆地站着、傻傻地看着。饿坏了的她,奢望一个善意的施舍。房东慢条斯理地吃完后,将香蕉皮朝她抛去。空荡荡的香蕉皮,带着一丝残存的香气,落在她赤裸的脚背上,柔软而又冰凉。房东俯首看她,荡在眸子里的笑意,轻蔑而又刻薄。她说:"你去,叫你妈交房租。房租交了,我便赏你一根香蕉。"说着,又刻意摘下一根香蕉,从窗口丢了出去,恶狠狠地说:"告诉你妈,如果再过几天房租依然不交,你们一家便像这根香蕉一样,滚出屋子,到街头去睡。"

阿舒早熟,这件让她备受侮辱的事,成了她日后拼死奋斗的驱策力。

来者，必去

　　日后当上了会计师的她，忆述这桩让她受伤的往事时，声音里还饱饱地含着泪水：

　　"房东把房间连同自己的舒适和隐私一起租出去，图的不就是房租吗？我们常常拖欠房租，肯定也影响了她的生计。错在我们，她给我们白眼和冷脸，是我们咎由自取，怪不得她。但是，她在厨房里恣意而冷酷地践踏一个无辜小孩的自尊，却是一种对别人精神上的虐待。"

　　如今，阿舒在自家后园里栽种了好几株香蕉树。她努力浇水、除虫、施肥，树则卖力结出丰美又肥硕的香蕉。她大串小串地捎着、提着，送给张三李四、甲乙丙丁。香蕉柔润香甜，大家交口赞誉，她笑嘻嘻地说道："分享，就是福啊！"

　　阿舒认为，穷困唯一的"克星"便是教育，所以，她常常捐款给学校，资助贫家子弟升读大学。

　　当年，那一根飞出窗外的香蕉，并没有在磕磕碰碰的艰苦岁月里转化为一支伤人的暗箭或一把匕首；相反，经过了时间的沉淀与生活的历练，它化成了一颗温柔的爱心。

　　愚者与智者的分别，就在于此。

咖啡姻缘

姻亲在马来西亚风光绮丽的山城怡保经营一家咖啡店。

客似云来，只因为店里的咖啡气韵生动。

泡咖啡的那个人，大家都叫他"宏叔"。他高高瘦瘦的身子，套一件圆领短袖的汗衫，配一条款式老旧的黑裤子。汗衫洗得雪白，裤子却如现磨墨汁般黑得发亮。三百六十五天，天天如此。看似朴实无华，却不动声色地展现着一丝不苟的讲究。而这，和他一贯的做事方式是一致的。

每天，天泛鱼肚白时，宏叔便到咖啡店来，把水烧开，将所有的杯子一个一个仔细地烫过。

客人陆陆续续地上门后，宏叔便开始一日之生计了。放在密封大桶内的咖啡粉，是他的宝贝，谁也动不得。他小心翼翼

来者，必去

地取出当天该用的分量，置入小罐；然后，再酌量将咖啡粉舀入白色的布袋里。那布袋，形状宛如圣诞老人的长袜子，不过，咖啡渍已将它晕染成了淡淡的褐色。宏叔把布袋放入金色的长嘴铜壶里，再将烟气袅袅而尚未达于沸腾的热水分成好几次，慢慢、慢慢地注入布袋内。他说："第一次注入水，是让咖啡粉温柔地接受水的问候；倘若一开始便注入太多水，咖啡粉以为洪水来袭，受到惊吓，香气便萎缩了。第二次注入水，是让咖啡从酣眠的状态中苏醒过来，精神奕奕地接受水的淋浴。第三次注入水，是让手脚已经伸展开来的咖啡缓缓释放香气。第四次、第五次注入水，是让咖啡在茁壮的过程里把圆满的自我呈现出来。"嘿嘿嘿，闲时喜欢阅读武侠小说的宏叔，说起话来也是有滋有味的。他还打了一个妙不可言的比喻，他说："咖啡粉犹如初生婴孩，柔嫩而又敏感；给咖啡粉注水，就好像给婴儿喂奶，必须聚精会神，而且，手势一定要温柔。"山城水质清冽甘甜，和咖啡粉是天作之合呢！有人问宏叔关于泡咖啡的理想水温、咖啡粉和水的"黄金比例"，宏叔始终守口如瓶。商场如战场嘛，雇主一向待他不薄，忠心耿耿的他当然"感恩图报"啦，谁也休想从他齿缝里撬出一个字。

泡好的咖啡，就稳稳妥妥地盛放在厚厚的小瓷杯里，捧在手上，笃笃实实的，让人有一种很心安的感觉。

宏叔泡的咖啡，个性彰显，在那醇厚的香气里，凹凹凸凸地展现着层次不同的芳馥。当咖啡兴高采烈地流经味蕾时，原本神秘兮兮地锁着的香气，便一点一滴地流淌出来，曼妙无比地在味蕾上掀起了一层又一层的浪花。山城怡保美食遍地，饕餮特多，这些刁嘴刁舌的人在品尝宏叔的咖啡时，都不约而同地感受到咖啡里跳跃着的生命力，有人甚至还打趣地说："宏叔的咖啡就像是'魔水'，一喝就上瘾，欲罢不能；再喝呢，魂魄就晃悠悠地被它牵走了，所以，每天到这咖啡店来的人，都是来寻找自己失踪了的魂魄的。"

尽管宏叔泡咖啡的手法不俗，然而，我们却也都知道，如果没有优质的咖啡豆，再好的功夫也难以施展出来。

宏叔选购咖啡豆，绝不假手于人。而将咖啡豆化为咖啡粉的整个过程，对他来说，任何一个细节都马虎不得。宏叔坚信，咖啡豆在舂成粉后，原本禁锢于咖啡豆里的浓浓的香气有一部分会无可奈何地消散掉，因此，他每次只做足够几天用的分量。

晚上，在厨房里，他心无旁骛地生起炉火，让沉甸甸的平底黑锅舒舒服服地坐在炉子上，再把质地绝佳的咖啡豆倒入锅内。蓦然投奔自由的咖啡豆，兴奋难抑地在锅里"又说又唱"，嘈嘈切切的声音好似长了翅膀一样四处飞动。这时，宏叔瘦削的手臂就好像上了发条，不停地在锅里翻炒着，一刻也不松懈。老实说吧，单单站在一旁看，我已经觉得疲惫不堪了，更何况动手去炒！

宏叔的手臂，宛若风车般，非常有规律又非常有节奏地让

来者，必去

咖啡豆在铁锅内快乐地跳舞。咖啡豆的香气在色泽变深时渐次释放，氤氤氲氲地浮在厨房里，像个绮丽的梦。宏叔不敢掉以轻心，双手持续翻转如飞轮。当咖啡豆变成深沉的褐色时，宏叔加入适量的牛油，颗颗浑圆的咖啡豆像上了釉彩，晶晶发亮。这"画龙点睛"的牛油，使咖啡变得香滑顺喉。有人学宏叔，也在焙炒咖啡豆时加入牛油，遗憾的是，泡出来的咖啡上面却嚣张地浮着一层"跋扈"的油。反观宏叔的咖啡，暗香内蕴，油不外露，喝后回甘绵长，让人不由得衷心叹服。万物有情，我想，咖啡豆应该是感受到宏叔对它们全心全意的爱，因此，想方设法报答他，含蓄地让牛油的香气钻进它们的灵魂里，泡成的咖啡，当然也就没有腻腻的油光啦！

炒好的咖啡豆在摊凉之后，宏叔不肯以便利、快捷的机器将它们研磨成粉，他逆道而行，选择用木臼和木杵去舂。宏叔认为，每颗咖啡豆都有自己独特的个性，如果一视同仁地用机器去碾，碾出来的香气，是呆板的、死气沉沉的。如果用杵去舂呢，一颗颗咖啡豆独特的香气会活泼地飞窜出来，互相撞击，形成百溪归海的面貌。

宏叔舂咖啡豆，神情虔诚得像在进行某种仪式。他坐在一张矮凳上，腰身挺得直直的，臂力强劲的手，一上一下地舂着、舂着。墙壁上那清晰的影子，丝毫不敢怠慢，也一上一下地舂着、舂着……舂出了一种缠绵缱绻的香气，也舂出了一种敬业乐业的古老情操……

宏叔一直保持独身,然而,有人却明确地指出,他已娶妻多年,他爱妻的名字就是"咖啡"。

这话,可一点儿也没夸张。

宏叔和咖啡,姻缘天定,厮守终生。

七十三岁那年,宏叔心脏病暴发,猝然而逝。

他去世后,姻亲雇用了另一个泡咖啡的人——吴伯,他虽然在这一行也干了许多年,可是,无论如何也泡不出宏叔的那种味道。大家都说,宏叔走了,咖啡的灵魂也随他飘逝了。

更奇的是,次年,姻亲接到了政府的一纸公文,传达拆迁的通知,因为那个地段要用于城市建设。

宏叔死了,咖啡的香味也死了,现在,就连咖啡店也死了。

从此,宏叔与咖啡的姻缘,成了山城一则不老的美丽传说。

来者，必去

16 岁，甜蜜的尴尬年龄

陈家有女初长成，16 岁，宛若出水芙蓉。好友洁媛的女儿是她心上的蜜糖，洁媛老早为她规划好未来的发展蓝图，而温顺可人的女儿陈玫玫也一步一步地按照洁媛绘就的蓝图发展着。美好的果实，似乎伸手可摘。

然而，最近，洁媛约我喝下午茶时，一向阳光普照的脸，却布满了山雨欲来的阴霾。一开口，话语成河，潺潺地流呀流的，砍也砍不断，止也止不住。

说的，都是她家宝贝陈玫玫的事。

"她简直就变了一个样子。和她说话，她爱搭不理，好似我欠了她一百万，然而，手机一响，她就变得神采飞扬，有说有笑，把对方当成救世主；更可恶的是，怕我听到她所说的话，刻意躲到房间去！以前，每个星期天她都乖乖待在家里，就算要出门，也总是和家人一起；现在呢，要带她逛街，总推三阻四，可朋友一约，便飞奔而去，一去便是一整天，回家时，却又紧紧绷着一张债主的脸。我只要稍稍开口批评她几句，她就生气地说我把她当囚犯来管。过去，她喜欢美食，不管我煮什么，都吃得津津有味；现在呢，嫌东嫌西，不是说太油，便是说太腻，胃口变得好像蚂蚁一样小。最要命的是，她还批评我偏心。她原本和弟弟感情不错，现在却把弟弟当瘟疫，故意避开他，更甚的是，时不时和我翻旧账。记得有一回，年幼的她和弟弟大打出手，我非常非常生气，用藤条鞭了她几下，站在一旁的弟弟因为惊悸过度而瑟瑟发抖，我怕他惊风，便免去了对他的责罚。这件事，已经过去好几年，没有想到她竟然小里小气地翻出来讲，说我行事不公平，说我重男轻女，还说我给了她一个不快乐的童年！哎，我简直就让她给气炸了呀！"

听着从洁媛口中蹦出来的这一桩一桩"似曾相识"的事件，我敢断定，二八年华的陈玫玫，正蓬蓬勃勃地发着青春少女特有的"精神水痘"。

16岁，可说是个"甜蜜的尴尬年龄"。

处于这个年龄的少女，自我意识好像种子到了春天一样，开始苏醒、发芽，她们渴望拥有属于自己的自由天地，她们渴求隐私被尊重的基本权利，她们渴盼父母多聆听、少啰唆，她们渴想父母多体谅、少管束。比方说吧,在洁媛的话里,便多次出现"过去"和"现在"这两个对比的词儿。

女儿在成长、在变化,偏偏洁媛和天下大部分母亲一样,一厢情愿地希望女儿一如既往地言听计从、俯首听命。而当女儿的言行和她的期望不相符时,她便发闷、发愁、发怒,这样的妈妈,无异于精神长了"痱子"呀!

青春期的叛逆,犹如精神出水痘。打个比喻,这就好像是蜕皮之于蛇类,是一生中的必然。蛇类蜕皮是一个极为痛苦的成长历程,而孩子精神出"水痘",当然也绝对是不好过的。

身为母亲,我们应该先用"痱子粉"把自己的精神"痱子"治好,再帮助精神出"水痘"的孩子度过这个艰难的成长阶段。

制造"痱子粉"的原料是:爱心、耐性、宽容、忍让、谅解。

许多时候,一个关怀的眼神,远远胜过盈耳的絮聒。

母亲的心

那名15岁的男孩子,就直直地站在办公室外。短短的鬈发,不听使唤地打着卷;白皙的脸,露着桀骜不驯的表情。

我和他的母亲,面对面地坐在办公室里,两个人都没有开口。我在心里琢磨着适当的用词;她呢,担心我把那既成的事实明明白白地说给她听。

教学多年,见过各式各样的家长:不分青红皂白凶悍无礼地护短的、气势汹汹地在众人面前辱骂自己儿女的、冷淡漠然地任由校方严加处置的、涕泪滂沱地哀求老师从轻发落的,都有。

然而,像眼前这样的,却绝无仅有。

仪容端庄,彬彬有礼。

来者，必去

丈夫早逝，她在一家跨国公司当秘书，独力抚养唯一的孩子。可是，这个孩子，却是学校里大家公认的"问题人物"：迟到早退、无故旷课、不交作业、顶撞师长。屡劝屡犯，顽逆不改。

老师束手无策，请家长前来面谈。

第一次来时，她静静地听老师把她孩子行为失当之处一项一项地数出来。听毕，整个眼圈都红了。半晌，开口了，居然是向老师道歉：

"实在对不起，给您添了那么多麻烦。我工作太忙，没有好好管教他，是我失责。您提出的那些问题，我会好好注意，设法解决的。"

这一回，再度请她来，是要求她在一份"行为保证书"上签字。她的独子在上课期间溜到外头去吸烟，被训育老师逮着了，不但不肯认错，反而当街无礼辩驳。她听着听着，眼泪全都流到声音里去了：

"这些年来，我一直在物质上尽量满足他，却没有在生活上好好地辅导他，我很惭愧。老师，请您多给我一点儿时间，再给他一次机会！"

一个月后，这位母亲在送孩子上学时，主动来见我，说：

"老师，我已辞职，打算在家里好好辅导他、帮助他。我过去有错，不能一错再错。"

我为她当机立断的态度和义士断臂的精神肃然起敬。

有这样的母亲，这孩子，既幸运，又幸福，就算一时行差踏错，一定会悬崖勒马，很快回返正轨的！

茶叶蛋

说起来难以置信,初次与茶叶蛋在台湾邂逅,竟是三十多年前的旧事了。

冬天的风,像出鞘的剑,阴阴的、利利的,在钢筋水泥的森林里肆无忌惮地来回呼啸。我穿了厚厚的大衣,缩着颈项,走在行人寂寥的街上。突然,一股浓浓的香味出其不意地从横巷里窜了出来,明目张胆地想要攫取路人的魂魄。

那股香味,给人一种"龙蛇混杂"的感觉,就好像是在豪华歌剧院里跳舞、在严肃的课堂内唱流行歌曲一样的不协调。然而,正是这种不调和,让人一嗅难忘。

巷子里,一名中年妇女神态安详地坐在小板凳上;圆圆大大的黑锅,静静地坐在炭炉上。炉火一明一暗,香气源源不绝。

茶叶浮沉于墨黑的卤汁里，蛋壳龟裂一如旱季的田地。夹带着茶香的卤汁从蛋壳的裂缝里钻了进去，蛋白、蛋黄和卤汁琴瑟和鸣，在味蕾上刻骨铭心地谱成了一阕令人难忘的恋曲。

啊，这是在台湾文学作品中屡见不鲜的茶叶蛋哪！

尊贵的茶叶是飘逸的、出世的，寻常的鸡蛋却是伧俗的、入世的；然而，有人却异想天开地将它们撮合在一起，结果呢，阴差阳错地成就了一段好姻缘。

初尝的惊艳，成了长长一生的眷恋。

若干年后，茶叶蛋漂洋过海，成了新加坡随处可见的寻常小食。然而，这些茶叶蛋，总给我一种"皮笑肉不笑"的感觉：黑黑的卤汁，敷衍塞责地染在薄薄的蛋壳上；鸡蛋和卤汁虽然有"肌肤之亲"，却"同床异梦"。

重逢的感觉，竟是如此不堪。从此，在街头巷尾与它相遇，总绕道而走。

母亲知道我的馋、我的失落后，专门从台湾好友处讨得祖传秘诀，慢火细熬地煮了一锅茶叶蛋，送来给我。我一尝，立马"旧情复燃"：哟，完完全全就是思念中的那种味道呀！

当天下午有聚会，我兴冲冲地拿去与朋友们分享，其中有个朋友羡慕地说：

"人到中年，还能尝到妈妈亲手做的茶叶蛋，可真幸福啊！"

我看着那锅香喷喷的茶叶蛋，卤汁里面，浮着母亲美丽的来者，必去　笑魇。

一场温情的乌龙事件

远赴英国工作一年有余的次子方德,最近返回新加坡度假两周。快乐的时光倏忽即逝,这天,他就要搭乘飞机回英国了,我约了近亲十余人,中午在餐馆为他饯行。

上午十一时,他忽然对我说道:"妈妈,借用您的车,我想到锦茂去吃早餐。"我说:"快到午餐时分了呢,干吗还要出去吃早餐?"他应:"回伦敦后,要吃本地小食,可就不容易了!"我一想也对,便说:"快去快回!"

晌午,接到他的电话:"妈妈,有个坏消息!"我心想,这个全身充满幽默细胞的小子,不知道又要玩什么把戏了,于是"以毒攻毒",戏谑应道:"嘿,是不是吃东西时不小心被空气噎到了?"可是,这回,他的声音全无调侃的笑意,只

来者，必去

说："妈妈，车子的钥匙掉落了，我找了一个小时了，可是，还找不到！"我一听，便有白烟从头顶"哧哧"地冒出来了！他因为嘴馋而给我带来这样大的麻烦，真是该打！我没好气地问道："现在，怎么办？"他说："你把家里的备用车钥匙送来给我，好吗？"

日胜载着我到锦茂区时，各种负面的念头好像蚂蚁一样咬噬着我的心。我的车钥匙附有遥控器，倘若拾获车钥匙者心存歹意，只要到停车场去，便可以通过遥控器找到我的车子！这就意味着我必须尽快更换车钥匙以策安全。然而，打造新的车钥匙，也许得耗上好几天，几天没有车子用，有多麻烦啊！我越想越气，忍不住对日胜口出怨言："他不去吃早点，不就没事了吗？"日胜平静地说："事情已经发生了，埋怨有何用？想办法把车钥匙找回来，才是最重要的！"我悻悻地应道："要在那么大的地方找那么小的一把车钥匙，不就等于大海捞针吗？"日胜说："你没试过，又怎能放弃？"

儿子坐在咖啡店里等我们。他已在所有可能掉落车钥匙的路线上来来回回地走了六趟，做了地毯式的搜寻，又仔仔细细地向扫地工人查问过，却都徒劳无功。

该做的都做了，可是，日胜依然不死心，又把已做的一切重做一遍，然而，那把车钥匙却像蒸发了一般。

大家都想放弃了，不料日胜竟说："上邻里警岗查查看吧！"一直阴霾着脸的我，立刻嗤之以鼻："别异想天开了，怎么会有人把车钥匙往警岗送！"日胜还是老话一句："你没试过，又怎能放弃？"

万万没想到，奇迹竟发生了！在锦茂警岗里，警员知道我们的来意后，立刻便把我们遍寻不获的车钥匙取了出来，说：

"这把车钥匙，是今早有人在自动提款机那儿捡到的！"

感谢的情愫，立刻像潮水一般汩汩地涌满了我的心。我们的社会，的确有许多不知名的善心人，默默地通过诚实的善举，创造了一个温暖人心的居住环境。

在放下心中巨石的当儿，我也暗自惭愧自己愚昧的武断与庸人自扰的臆测。

赶往餐馆，与亲人共用午餐之后，便匆匆把次子送往机场。

临入闸门，他突然从裤袋里取出了两个大红包，分别放进我和日胜的手里，说："我不能回来与你们共度农历新年，所以，预祝你们新年快乐！"红包很厚、很沉。就在那一刹那，警员的话突然浮上了我的脑际："这把车钥匙，是今早有人在自动提款机那儿捡到的！"

啊，我亲爱的儿子今早到锦茂区去，原来不是吃早餐，而是提取现款封红包！

抬眼望他，他已远去。

来者，必去

向日葵

去年十月到伦敦度假，住在女儿的公寓里。

那天，约好在她下班后共进晚餐，做事有条不紊的女儿体恤地说道：

"餐馆坐落于九曲十八弯的窄巷里，不太好找，你们就在餐馆附近的小公园等我吧！"

早上出门时，气候温凉，我穿了一袭宽松的棉质衣裙，没带外套。天色愈暗，天气愈冷，到了傍晚，气温居然降至6摄氏度。

我和日胜提早十分钟来到游人寂寥的小公园，那种砭骨的寒风夺命似的想把人的脸皮整层刮掉，我冷得几乎连血液也凝结了。到了七点整，一向准时的女儿踪影不见；我们的手机偏又留在公寓里忘了带,无法联系。

晶莹剔透的寒气肆无忌惮,我冻成了冰湖底下一尾郁悒的鱼。看着时间嘀嘀嗒嗒地流走,怒气像蚂蟥一样往我心里钻。到了七点半,我的脸,已幽幽地长出了一层青苔。

"天气这么冷,她竟不为我们着想!"我口出怨言,"简直就是个工作狂呀!"

"唉,"日胜叹气,"伦敦的工作压力真是太大了!"

七点四十分,女儿才气喘吁吁地赶到,连声道歉:

"爸爸,妈妈,对不起,对不起!工作堆积如山,做不完呀!"

我和日胜对看一眼,果然不出所料!

冻得有如一片在树梢瑟缩颤抖的枯叶,我的声音,比雪更冷:

"工作做不完,不是还有明天吗?你过去守时的好习惯,去了哪里?"

说着,径自往前走,不再看她一眼。

到了餐馆,女儿轻车熟路地安排着各种美食:刺身、煎和牛、鳗鱼饭、酱渍豆腐、软蟹手卷、天妇罗……

可口的美食一道接一道地上,然而,我觉得心叶冒出了很多冻疮,灼灼地痛,半点儿胃口也没有。

女儿欢欢喜喜地说着办公室里的一些趣事,我没有搭腔,只一筷一筷闷闷地吃,一心只想快点儿回家盖上厚厚的被子蒙

来者，必去

头大睡。

第二天，日上三竿我才醒来。薄薄扁扁的阳光从窗隙硬生生地挤了进来。看看钟，哟，九点多了！奇怪的是，厅里竟传来了女儿和她爸爸说话的声音。

我翻身起床，走进厅里，还没开口，女儿便说："妈妈，我今天请假。"我讶异地问："咦，你的工作不是堆积如山吗？"她笑嘻嘻地说："工作做不完，不是还有明天吗？"

桌上，放了一大束精神抖擞的向日葵，黄艳艳、活鲜鲜的，大捧大捧的热情源源不绝地释放出来。向日葵旁边，有个奶油蛋糕，还有一张卡片。

卡片里，装着女儿圆润的字体：

亲爱的妈妈：记得吗？那一年，您到土耳其旅行，看到漫天漫地的向日葵，回来向我出示照片，满脸陶醉地说：那种美啊，简直惊心动魄呢！您每回看到玫瑰花、荷花和桂花，都露出馋馋的目光，想吃它们；唯独向日葵，您打心坎里爱着它、宠着它。妈妈，我和哥哥们，其实都是您的向日葵；而您，就是我们的阳光。

读毕，抬起头来时，女儿絮絮地说道：

"妈妈，昨天下班后，我赶去办公室附近那家花店，不巧它因事休业；匆匆坐计程车赶去另一家，又碰上塞车，我真的急坏了呀！终于买到了您最喜欢的向日葵，还得赶回家把它藏好。这样一来一往的，才会迟到的呀！"

说着，又笑眯眯地自问自答："您猜我把花偷藏在哪儿？贮藏室！可是，我又担心它难以透气，半夜还起来浇水呢！"

这一天，是我的生日。

可是，在这一刻，我的眼眶里，却都是泪。

来者，必去

\

大地的耳朵

　　小时候，讨厌冬菇，嫌它丑：黑黑的一朵，像巫婆身上诡谲的袍子。每每在饭桌上见到它，筷子总绕道而逃。弟弟受我影响，也把冬菇当敌人。
　　妈妈的拿手好菜是冬菇焖鸡，我一见便皱眉，觉得大好的鸡肉被那可憎的冬菇白白糟蹋了。聪明的妈妈察觉了我和弟弟的异状，有一回，故意用筷子夹起了一朵冬菇，微笑着问："你们看，这像什么？"我瓮声瓮气地应："黑色的鬼。"弟弟鹦鹉学舌，也说："像鬼，黑色的鬼。"妈妈好脾气地应："冬菇不是鬼啦，它是大地的耳朵。"嘿，大地的耳朵？这个新鲜的比喻霎时把我和弟弟的好奇心全撩起来了，我们俩齐齐竖起四只耳朵来听。妈妈饶具兴味地说道："人间每天都有许多有趣的事情发生,大地好奇,便把长长的耳朵伸出地面来听。"经妈妈这么一形容,那朵圆圆的冬菇落在眼里,果然像足了一只铆足劲来偷听的耳朵。妈妈继续说道:"大地的耳朵,听觉敏锐,你们吃了它,同样可以拥有耳听千里的能力!"耳听千里?哇,太棒了呀!我和弟弟的筷子,不约而同地伸向了盘子里那一只只"大地的耳朵"……

万万没有料到,这一吃,便上瘾了。

品质上好的冬菇,巨大肥厚,一触及嘴唇,便有一种绵密温厚的感觉;在与鸡肉长时间焖煮的过程当中,它吸尽了肉的精华,吃起来像是一块嫩滑的黑色油膏,但绝对没有脂肪那种油腻感,这种绚烂的风采是独树一帜的。

盲目地相信冬菇有助听觉,吃着吃着,果然养成了"耳听八方"的能力。然而,有时,不小心听到了一些飞短流长的谣言,听到了一些令人义愤填膺的负面消息,听到了一些叫人恶心的言谈,我便衷心希望,我不曾吃过那么、那么多的冬菇。

小小一道冬菇焖鸡,盛满了童年的快乐回忆,还有温馨的伦常亲情。每回闻到那一股熟悉的味道,母亲慧黠的笑容,便清晰浮现。

我们在无数半真半假的故事中成长,我们在一则一则白色的谎言里接受了许许多多原本为我们所抗拒的东西,那样的一种成长过程,幸福而美好。而全心全意地相信冬菇是"大地的耳朵"的那些年月,是人生的无尘岁月,澄净明洁。

来者，必去

　　成家之后，冬菇焖鸡也成了我的拿手好菜。肥肥的冬菇丰满柔软，味道隽永，可是，历史重演，我亲爱的孩子们竟也不喜欢那一朵一朵黑黑的好似梦魇的冬菇。我于是故意用筷子夹起一朵冬菇，微笑着问："看，这像什么？"孩子们缺乏我天马行空的想象力，老老实实地应："像冬菇。"我说："不是啦，它们是大地的耳朵……"

　　这时，三双墨黑的眸子专注地盯着我看，晶晶的亮光，为饭桌上那盘冬菇施上了一层美丽的釉彩……

妈妈，我不做"鱼瑞"

有一次，在伦敦工作的次子方德向任职公司申请了短假，独自到肯尼亚去旅行。

朋友惊叹：

"你怎么放心让他一个人到那么远的地方去呢？"

考虑到安全性，肯尼亚的确不是观光的好地方；但是，多年以来，我从一趟又一趟的旅行中不断地开阔视野、不断地调整自我的价值观，受惠无穷。也正因如此，我常常鼓励孩子自行策划旅程，使内心的自我不断地茁壮成长，唯"安全第一"是我一再强调的。

在电邮里，我如此写道：

亲爱的儿子：肯尼亚失业率高，首都内罗毕治安不

来者，必去

佳，会有无业游民和无家可归的流浪汉出来游荡，你一定得步步为营，小心为要。入夜之后，不要出门；即使是白天，也不要到偏僻的街巷去。一旦发现可疑的人跟在你后面，你得立刻进入商店以保安全。几年前，与我们住在同一旅店的英国旅客约翰，便在水街被洗劫一空，连护照也丢失了，留下成箩盈筐的麻烦。撇开治安问题不谈，你到肯尼亚去旅行，绝对是一个美丽的选择。这个幅员辽阔的国家，每一寸土地都有令人怦然心动的故事，每一方空间都有让人惊艳的风光。勇猛好斗的马赛土著，迄今依然按照古老习俗过活，有许多值得探索的空间。儿子，好好地看、尽情地玩吧！

很快，接到他的电邮，他如此写道：

妈妈：我带了心眼，处处警惕，安然无事，您且放心吧！在内罗毕，让我最为感动的是，有许多来自世界各地的义工，放弃了原本舒适优越的生活，来这儿热心地推动教育与建设工作，体现了人世间无私的大爱。而这也促使我进行深层思考：对物质无休无止的追求，究竟是不是人生最大的目标？今天，我来到了一个叫作Lamu（拉木）的古老小镇，它最特别之处在于禁止汽车行驶，仅仅允许使用驴子作为运输和交通的工具。我充分地领略到了一种返璞归真的清纯明净，这样的生活，不叫落后，它叫超脱，是一般城市人所无法体会的美好境界……

我至感欣慰，儿子的确是带着心眼去旅行的。在我们多年的熏陶下，他已变成了一条勇敢的鱼。

他小的时候，我曾告诉过他一则有关鱼的故事。

有一条生活于海洋中的小鱼，备受父母溺爱。它的父母把它藏在一块大石头的缝隙里，以海藻为掩饰，不让它接触外面的世界。父母每天把食物带回来喂它时，还不断地告诉它，外面的世界有多危险、多可怕。若干年后，父母去世了，鱼儿独自生活，它根本不敢离开那块藏身的大石，只有饥肠辘辘时，才在万籁俱寂的深夜里，心惊胆战地游离大石几寸外的地方，偷偷寻找果腹的东西。它足足活到一百零一岁才死去，临终前，它含着笑对自己说道："我是条鱼瑞呢！"

这条"鱼瑞"，不曾看过美丽而又危险的漩涡，没有经历过惊涛骇浪，从来不曾见识过海洋那种一望无垠的磅礴，对于浩瀚大海千变万化的瑰丽色彩当然更是一无所知了！

我不要我的孩子做这样的"鱼瑞"。

不要。

来者，必去

背后那双眼

那一年，我读中二。

清清楚楚地记得，那时《南洋商报》每周都拨出一定的版面，让读者免费刊登"征求笔友启事"。

我是个终日把自己囚禁于文字的十四岁女孩，既爱读书也爱写作。握在手中的那支笔，仿佛藏着千军万马，老是呼啸着想冲出来；然而，在现实生活中，我却是个木讷口拙而又孤僻离群的人。因此，以笔交友，对于社交生活一片空白的我来说，有着一种难以抵挡的诱惑力。

一日，鼓起勇气，以"漪佩"为笔名，我拟了一则"征友启事"。

两周过后的一个早上，双脚才迈出房门，便听到爸爸喊道：

"过来。"

他指着报上的那则征友启事,问:

"漪佩,是你吗?"

爸爸那张脸,黑沉沉的,好像发霉的面包。我背脊凉飕飕的,很害怕,低着头,像蚊子的声音应道:

"是。"

接下来那一周,信件惊人地多,不是一封一封地飞来,而是一摞一摞地涌来,信箱几乎都被撑破了。

爸爸坐在桌边,拆信、读信,然后,成捆成捆地用橡皮筋捆起来,脸色阴沉地吩咐我拿去丢掉。我连自己拆一封信的机会也没有,遑论细读来信的内容了。

我死死地忍着满眶欲坠未坠的眼泪,照他的指示做。信顺着垃圾通道掉进十多层楼下的垃圾池,发出了闷闷的声音,我明显地感觉到悲哀像一股黑黑的风,冷冷地掠过我那挂着一块铁的心。

一连多日,我不肯正眼看父亲,也不愿和他说话。

有很长的一段时间,这件事,一直是我心里的一道伤痕,连同生命里许多不快乐的事儿,一起被深深地收藏在记忆的底层。很想忘记,却无论如何也忘不了。

事隔多年,在接受资深记者黄丽萍小姐的访问时,爸爸忽然提起了这件尘封已久的往事,说:

"我当时老是担心她误交损友,所以,不让她回信。"

来者，必去

　　听到这话，我的眼前立刻浮现出一个瘦小的背影。她站在垃圾通道前，把信一捆一捆地往下丢。想必她长长的脸，满满的都是怨；细细的眼，湿湿的都是泪。可是，这女孩，没有想到，她的背后，有一双充满关怀的眼睛，如同照明灯一样，为她照亮前面的道路。

　　等意识到背后有这样一双温暖的眼睛时，这女孩，已为人妻、为人母了；而且，她也正以同样的目光，注视着她自己的孩子。

愧疚

阿雪在网上读到一则以英文撰写的短文,在好友的聚餐会上,她娓娓转述故事内容。

有个男人,买了一辆梦寐以求的崭新轿车,晚上连做梦都会笑出声来。有一天早上,他拿了一罐亮油,要去为新车打光,然而,万万想不到,此刻,他那四岁的儿子,居然蹲在车子旁边,用一块尖利的石头,一下又一下地刮着车子。深蓝色的轿车,像结了一张丑陋的蜘蛛网。他气血上涌,一个箭步上前,抓起孩子胖嘟嘟的小手,发疯似的用那个装着亮油的罐子拼命地打、重重地打、狠狠地打,一下又一下,一下又一下,打打打、打打打……住手时,哭得歇斯底里的孩子几近昏厥。在那一刹那,他丧失的理智,全回来了。

来者，必去

火速把孩子送往医院，孩子柔嫩的小手，骨断筋裂，已是无可救药的伤残，医生不得不动手把他整个手掌切除掉。

孩子苏醒之后，眼泪汪汪地问父亲："爸爸，我的新手指，什么时候才会长出来啊？"

这个问题，好像一勺沸油，迎面向他泼来，那股钻心的痛，使他恨不能以头撞墙，把头颅撞个稀烂。那种痛，迅速蔓延，由皮肤渗入肌肉，再由肌肉深深地钻入骨髓，全身上上下下、里里外外，没有一寸是不痛的。

他踉踉跄跄地返回家后，用尽全身的力气，发狂地踢那车，踢踢踢、踢踢踢，恨不能用蛮力把车子踢进沟渠里。接着，他蹲下来，用手温柔地抚摸着被孩子刮出的那些乱线，摸着、看着。突然，他发现，这，哪是什么乱线呢？孩子用尖石刮出来的，其实是几个歪歪斜斜的字："爸爸，我爱你！"

当天晚上，这个父亲自杀了。

阿雪讲这则故事时潸然泪下，因为它唤醒了她一段尘封已久的黑色记忆。

阿雪结婚时，有人送了一个水晶花瓶给她，价格上千。她视如瑰宝，放在陈列柜里，只有在宴请贵宾时，才让它插花亮相。花，她只买玫瑰，因为她认为仅有艳红的、硕大饱满的、像火般燃烧着的玫瑰，才配得上那晶莹剔透的昂贵花瓶。

这天晚上，她在房里看书时，厅里突然传来了"哐啷"一声巨响。她冲出房外，赫然看到心爱的水晶花瓶化成了一地晶亮的碎片,而她14岁的儿子,正满脸惊慌地站在陈列柜前。

"你!"她声如裂帛地喊,好像冷水蓦地倾入滚烫的油锅里,怒气"噼里啪啦"地飞溅一地。她飞扑过去,不由分说,便"啪啪"地用力掴了儿子两记耳光。盛怒之下,出手过重,只见触目惊心的鼻血一滴滴往下淌;然而,此刻,她的心被水晶碎片割伤了,她看不到儿子的伤。儿子捂着鼻子,用哭腔说道:"妈妈,对不起!"说完,便快步走进房间。她站在原地,恶狠狠地想:无端打碎我这样珍贵的收藏品,不打,哪行!

一个小时后,气稍稍消了,她便到房间里去看儿子。

儿子已睡了,脸朝墙壁,好像在向墙壁倾诉心中的委屈。她静静地退出房间,然而,就在这时,在他的书桌上,她瞥见了一样东西。

一束花。艳红的、硕大饱满的、像火般燃烧着的玫瑰。

玫瑰花旁,搁着一张粉红色的卡片,上面,是儿子秀气的字迹:"亲爱的妈妈,母亲节快乐!"啊,明天就是母亲节呢!她骤然明白了他为什么要拿那个水晶花瓶。

她呆呆地站着,眼泪狂流。

阿雪说完后,现场一片静默,大家的眸子都隐隐约约地有亮光在晃动,因为啊,大家心里都有一个角落,或多或少,装着愧疚。

对孩子的愧疚。

许多时候,物质,是会不经意地把父爱和母爱抹杀掉的。

来者，必去

食客

长达28集的韩剧《食客》，是用以下的文字进行宣传的：

"料理食物就像料理人生，品尝美食就像品味人生。在食物里，有感情、有哲学，更有眼泪和感动。"

说几则感人的小故事。

故事一：有个妇人，热爱美食，精于烹饪，但是，不幸罹患舌癌，丧失味觉。她的女儿在其他城市工作，每年生日回家，妇人便会为她精心烹调她喜欢的菜肴。这一年，女儿带了担任饮食料理师的男友一起回家。母亲为她准备了泥鳅汤，女儿喝得津津有味，赞不绝口。母亲十分高兴，送了一碗给邻居，可是，邻居才喝了一口，便吐了出来，说咸得像盐巴，难以下咽！伤心的母亲这才知悉，原来这些年女儿都是佯装喜欢她煮坏了的食物。晚上,她流着眼泪叹息着说:"舌癌手术过后,米饭、肉类、蔬菜,入口全是一样的味道,那就是没有味道的味道。让食物在味蕾上翻起千万层截然不同的滋味,那是一种多大、多深的幸福啊,为什么以前从来没有好好感受这一点呢?"女儿抱着母亲,动情地说:"妈妈,您煮的菜,有一种幸福的味道,这种味道,便是天底下最好的味道。"

次日,女儿的男友料理师一早便到附近农田采了许多菜蔬,配合海鲜,以精湛的手艺做了一大锅色泽缤纷的汤,说:"给令堂做的。"女儿悄悄应道:"我妈已全然丧失味觉了呀!"料理师微笑着说:"品尝食物,不单是用嘴巴,还能用心呀!"

料理师的诚意感动了母亲,果然,她多年麻木的味蕾在无穷的想象里居然"复活"了,她在盈眶的泪水中,尝到了鱼的鲜味、菜的甜味、饭的香味……

故事二:有个父亲,是遐迩闻名的铸刀匠,为了把精湛的铸刀技艺传给下一代,他漠视独子的兴趣,硬逼他学。独子受不了父亲的严苛责打,离家出走,后来,犯罪入狱,从此恨透父亲,每回父亲探监他都拒见。父亲是胃癌末期,千辛万苦地找来含有浓浓膏卵的竹蟹,做了独子最爱的拌饭去探监,但独子依然拒见。后来,他知悉这是见父亲最后一面的机会时,才猛然醒悟,多年来这样的仇视对父亲是多么残酷的折磨啊!他在父亲面前大口大口地把黄膏竹蟹拌饭吃下去时,混合着悲恸与懊悔的眼泪也掉进了饭盒,此刻,他吃下的,其实是因为误读父爱而错失一生幸福的苦涩;而父亲晃动的泪光里,也道尽了对以错误方法教导孩子而逼他误入歧途的痛楚与后悔……

故事三:一个精于腌制泡菜的年迈妇女,在独子死后性情大变,由乐于助人的慈祥转变为动辄发怒的暴戾,她甚至把温顺的媳妇赶出家门。她在临终前的一段日子里,行为更是怪异,到处偷摘他人的瓜果蔬菜,发疯似的做出一坛坛泡菜。在去世前的几天,她还偷偷跑到媳妇工作的地方,站在远处看她;回家后,又到茶园偷了一把上好的绿茶,与大白菜混合,做了一坛秘制绿茶泡菜。她死后,因她的偷窃行为而与她失和的左邻右舍才赫然发现,她临终前拼命腌制的那一坛坛泡菜,其实都是为他们而做的。至于那坛风味独特的绿茶泡菜,则是特地留给她媳妇的。当年她刻意虐待媳妇,赶她出门,是因为她希望年轻孀居的媳妇能够另觅春天。真相大白,老妇人的善良犹如一道光,把他人的心房照得熠熠生辉。

剧中感人肺腑的小故事不胜枚举,我觉得学校可以摘取其中一些小片段,作为启迪学生思想的生动教材。

母亲的布鞋

年轻的朋友阿斐是一名出色的律师,她在工作上的拼搏劲儿无人能及。看她现在争分夺秒全力以赴的勤奋作风,看她今日出类拔萃备受赞赏的表现,没有人知道,她曾经是一个让老师心灰、使父母心痛的孩子——一个迷失的孩子。

她的父母在熟食中心经营一个小摊位,早出晚归,身为独生女的她,是父母心中一抹璀璨的亮光。

家境并不宽裕,可是她要啥有啥,穿得好,吃得好,过得好。

阿斐有着一双明亮的眸子,遗憾的是,她患上了"有眼无珠"的"失明症"——她看不到父亲的手被菜刀左割右切而留下的深浅疤痕,也看不到母亲的手被洗碗水长期腐蚀而留下的

来者，必去

斑驳瘀痕。

她的眼睛只盯在五光十色的网络上，她通宵达旦地上网，玩出了一身的疲惫，玩出了一颗涣散的心——迟到、旷课、怠于学习、不交作业。

老师疾言厉色地骂她，父母温言软语地劝她。老师硬如石头的语言投落在她的心湖上，泛起了几圈微不足道的小涟漪，乍起乍灭；父母软似棉花的话语进入她的耳中，化成了两股无关痛痒的轻风，风过无痕。

那天，是学校一年一度的"家长日"。满身油腻的母亲匆匆赶到学校，老师的投诉，化成了尖利的刀子，把母亲脸上的笑容全都刮走了，留下的，是被刮伤后的疼痛和赤裸裸的失望。

在回家的路上，母亲紧抿着嘴唇，脸上闪着阴冷的光。

阿斐怎么也想不到，一向温柔似猫的母亲，在迈入家门后，竟变成了一头虎——一头她见所未见的猛虎。只见母亲蹲下身子，快速脱下那双黑色的布鞋，顺手抄起一只鞋子，劈头盖脸地朝阿斐打去。一下一下地打，毫不留情地打，啪啪啪、啪啪啪……阿斐没有闪避，任由飞动如雨的鞋子在她头上、脸上留痕、留印。

之后，母亲抛下鞋子，疾步走入房间，自始至终没说一句话。她瘦瘦的背影，病恹恹的、灰蒙蒙的，像秋天一棵枝秃叶落的树。

痛极、惊极的阿斐，明明有着汹涌澎湃的泪，却一滴也流不出来。她呆呆地看着那只六亲不认的"耀武扬威"的鞋子，呆呆地看。看着看着，浑浑噩噩的脑子里骤然响起雷声、闪过电光。

啊，母亲的鞋子。

那是一双黑色的布鞋。

此刻，这双鞋子，一只面朝上，一只面朝下：旧且破，鞋面和鞋底已"劳燕分飞"了，丑恶不堪地裂开大口；原本个性分明的黑色，因为多次洗涤，已变成了灰色；其中一只鞋子的鞋底还破了一个洞，像一只失去了瞳孔的眼睛。

母亲自始至终没有说过一句话，然而此刻，许许多多的话却从那双裂着大口的布鞋源源不断地流了出来。

阿斐沉滞的目光由那双残破的布鞋慢慢地移到了自己的脚上。她穿着的，是一双名牌运动鞋，189元。那回，在百货公司，她说要，母亲把鞋子捧在手里翻来覆去地看，然后说："好鞋，好鞋呀，耐穿。"就去柜台付钱了，没有任何的冗言赘语。

现在，母亲这双既残又破的布鞋，张着口，对她说话。

她听着听着，突然缩着肩膀，哆哆嗦嗦地哭了起来，在满室荧荧的灯光中、在满屋沉沉的寂静里，她的哭声越来越大，把原本凝固的空气也击碎了。

就在这时，一双柔软的手臂温暖地揽住了她的肩膀。

现在，每当阿斐和别人谈起她的奋斗历程，她总不忘说起这一双布鞋的故事。

来者，必去

流沙与直升机

去年，好友阿萧卸下繁重的教务工作，正想好好享受退休生涯时，却遭逢不测之风云。

某天，洗澡过后，她头痛欲裂，呕吐不止。家人见势不妙，赶紧把她送入医院，万万没有想到，一经检查，居然发现是脑血管爆裂！

经过一番紧急大手术之后，总算捡回一命，但她半边身子不能动弹。一想到可能要躺在床上度过下半生，她即使睁着双眼也会尖叫着做噩梦。

让人难以理解的是：身材苗条的她，常年做身体检查，既没高血压，也无高胆固醇，再加上经济条件不虞匮乏、生活毫无压力，脑血管为什么会无端爆裂呢？

在最近一次聚餐会上，大病初愈的她，娓娓畅述患病的心路历程：

"动了脑部手术后，我醒来的第一个问题便是：'为什么？为什么是我？为什么病魔不找张三李四，偏偏找上原本健康的我？为什么一点儿迹象也没有，脑血管要爆便爆？'无数的'为什么'使我夜夜失眠。我问自己，也问医生，问了一次又一次……"

医生告诉她，对于一小部分人来说，脑血管犹如埋伏着的地雷，有着与生俱来的潜在性危险，随时随地都会在猝不及防的情况下爆裂。可是，心有不甘的她，依然像闯入迷宫一样，在许许多多的"为什么"当中兜兜转转。

终于，有一天，医生生气了，痛斥她钻牛角尖，并且给了她当头一棒：

"生病了，便是生病了，这是无法改变的事实。你应该问的是'怎样才能康复'，而不是一整天于事无补地问'为什么我会生病'！"

这一番话，醍醐灌顶。

是的，对于病人来说，"为什么"这三个字，就像"流沙"一样，会残酷地将病人一点儿一点儿地向下拉、往下扯，使原已痛苦万分的病人更加沮丧、更加萎靡。慢慢地，病人的意志力被销蚀殆尽，就这样惨惨地堕入了黑暗的人间地狱。许多罹患重症的人同时也被抑郁症折磨得死去活来，原因就在此。

来者，必去

至于"怎样"这两个字呢，却如"直升机"，能够帮助陷入困境的人脱离危险。许多病人患有看起来极不乐观的病症，就因为能够面对现实、接受现实，想方设法寻求救治之道，最后总能"守得云开见月明"。

阿萧在思维转了一个弯之后，抱着必胜的决心，在服药之余，拼尽全力和医务人员配合，做物理治疗，并乐观积极地参与各式可助康复的运动。在经过了一段难熬的时光后，终于，阴云飘走，阳光再现，她行动如常，活跃如昔。

脑血管爆裂，却能在短短数月间迅速康复，人人叹为奇迹。现在，每逢有人问起，她不再解释患病的前因后果，也不再提及生病时种种难熬的细节，只是以快乐而坚定的语气劝诫他人：

"运动，一定要做运动。唯有运动，才是保健的方式。"

昨天，我打电话给她，她家的用人说道：

"她在练气功，不方便接电话。"

啊，我的这个曾经把运动当作"宿仇"的好友，真是脱胎换骨了呀！

碗底的鱼肉

这一则动人的小故事，是日胜津津乐道的：

"小时候，家境不好，餐餐粗茶淡饭。偶尔桌上有鸡，我们都馋得不得了。可是，只要我们的筷子一伸向那盘鸡肉，大哥便会在桌子底下狠狠地拧我们的大腿，警告我们不许轻举妄动。结果呢，动那盘鸡肉的，往往只有父亲一人，母亲一定是不吃的。等父亲一吃饱而离开饭桌时，母亲便会把鸡肉均分给我们。懂事的大哥常常把自己的一份让给母亲，可是，母亲总推说胃口不好，不肯接受。推来推去，最后，还是大哥自己勉强把它吃掉了。"

婆母年轻时，家里经济捉襟见肘，她总是把最好的让给丈夫和子女。现在，婆母老了，孩子个个成才，也个个孝顺，她

来者，必去

即使天天、餐餐要吃山珍海味，也绝对不成问题，可是，习惯难改，她依然严于律己，节俭得近于吝啬；然而，她好客的天性与诚恳的性格，又使她在对待别人时慷慨得近乎挥霍。

在怡保老家，只要客人上门，不管来的是亲戚抑或是朋友，她总殷勤万分地留客吃饭，大鱼大肉、肥鸡肥鸭，美味佳肴源源不绝，上了一道又一道，众人开胃又开心。然而，她自己呢，严严实实的一大碗饭，随随便便地舀些菜汁汤汁，便草草地解决一餐。

有时，啃一节鸡颈、吞一块肥肉，便算是她自宠的最好方式了。最近这几年，婆母患了心脏肿大症，医生劝她多吃鱼、戒肥肉。于是，每回与婆母同桌吃饭，总是特别"热闹"，因为一坐上桌，一家大小都会为了让她多吃点儿好菜而费尽心思。

她来新加坡小住时，我餐餐都会把大片鱼肉剔去细骨，夹给她吃。可是，每每趁我不注意，她又不动声色地将鱼肉分给稚龄的孙儿孙女。一旦被我发现，她便笑着说："我老啦，消化不了这么多。"

我"斗"不过她，只好另谋良策。添饭时，故意把大块鱼肉压在碗底，把饭盖在上面，等她发现碗底的鱼肉时，一桌子人都已吃得差不多了，大家理所当然地不肯接她递过来的鱼肉，她若坚持，大家便站起身来，一哄而散。

这时，婆母只好嘟嘟囔囔、半埋怨半不甘地把鱼肉吞下肚去……

四时充美 叁

美是一种自然优势！

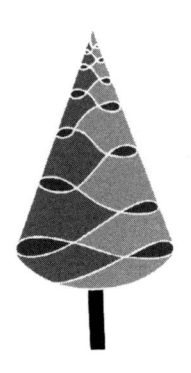

鹿头

旅行时,原本是坚守"不买东西"的大原则的,遗憾的是,我是一个看见独特东西便无法自我克制的俗女子,有时难免会给自己带来一些不必要的麻烦。

在新西兰,看裘皮、看宝石,我都好似一名道行极高的老僧,纹风不动。然而,一日,迈进了一家土著开设的商店,才一举头,便欢喜地惊呼一声,定力彻底瓦解。

我看见了鹿头。

墙上,一溜挂着七八个鹿头,是栩栩如生、活灵活现的标本。参差不齐的鹿角,张扬地展现了嶙峋的美感。

其中一个鹿头,脸上有着丰富的表情,圆圆的眸子深沉地凝视着远方,仿佛在缅怀昔日驰骋于广袤原野的自由生涯。奇

来者，必去

怪的是，尽管生命已经陨灭了，可眸子依然清清亮亮的，仿佛上了釉彩，仔细再看，却又像薄薄地镀着一层泪光；更奇的是，从不同的角度看它，它眼珠子的色泽还会生动地变化。啊，它是在尝试告诉我它生前的故事吗？

我对它一见钟情，执意要买。然而，它既重又大，该怎么把它带走呢？再说，我们还有十多天旅程有待完成呢！

店主知道我们租车自驾，迭声地说道："没问题，没问题！"他手脚麻利地取来了一个大木箱，三尺来高、两尺来宽，用木条钉成，四面通风，坚实牢固。那只鹿头，就这样稳稳当当地放了进去。接下来，是一连串我不忍回顾的"苦头"。

把木箱放进车后的行李厢，车盖合不拢，只好把车盖硬生生地拉下来，用粗大的绳索绑住。途中，暴雨骤来，生怕鹿头被雨水打湿，赶快停车，飞快地取出雨衣，严严实实地给鹿头披上。日胜看了我的紧张劲儿，调侃地笑道："要不要让它服伤风感冒药呀？"

每到一个新的地方，进出旅馆时，又得找人帮忙，抬上、抬下、抬进、抬出，好像在伺候一个年迈的老大爷，麻烦又累赘、吃力又疲累。

旅程结束后，历尽艰辛才携它回返了家门。小心翼翼地把它挂到墙上去。这时，看它的眼睛，奇怪，它又不悲伤了。

也许，它知道，它已不再是待价而沽的商品。

它已经找到了永久的家。

岁月的美酒

这家面向大西洋的露天餐馆,坐落于南非开普敦。

妩媚的紫葳花,在啁啾的鸟声里,着了魔似的,放任而浪漫地开满一树。海风一吹,浸在春意里的花,便大梦初醒地徐徐掉落,纷纷扬扬,好似淡紫色的雪。

树下,有木桌、木凳。

长长的木凳上,一男一女亲亲热热地挨着坐,两个人都长得圆圆胖胖的。

男的,头发老得很彻底,银亮的光辉优雅地闪烁着;女的呢,三千烦恼丝处在"将老未老"的状况中,灰色和褐色尴尬地共处。

侍者捧来了大杯的啤酒和餐馆的招牌名菜——蒜泥大虾。

来者，必去

盘里的虾，有很肥硕的，也有营养不良的。二老看了看，拿起了叉子，不约而同地将肥大的虾挑起来，递给对方。两支叉子，中途相遇、相撞，二老相视而笑，多少柔情，尽在不言中。

春天明媚的阳光，像刚刚被洗涤过，清新亮丽，把大地万物照得熠熠生辉。泛着泡沫的啤酒，像熔化了的旭阳，在玻璃杯里闪着令人难以逼视的金色亮光。

二老一面慢条斯理地吃，一面絮絮地交谈。

每当女的开口说话时，男的便以含笑的眸子看她，专注而温柔。女的说得起劲，男的听得用心，此时有声胜无声。轮到那个男的开口，他言谈幽默，每每说不了几句，女的便会发出很响亮的笑声，"呵呵呵……呵呵呵……"笑声落进海风里，海风便裹着它，把它送到更远的地方去。

这时，太阳耀目的亮光和啤酒绚烂的金光不分彼此地交缠在一起，罩在两张皱纹横生的脸上，看起来就好像是蜘蛛以一缕缕的金丝银线细心织成的两张富贵的网。

这两个人，在年过七旬的金色年华中，共同畅饮岁月酿成的那一坛美酒。生活里共有的甜蜜与沧桑、生命中曾有的成功与失败，全都成了无关痛痒的过眼云烟；此刻，他们在意的，仅仅是利用炽热爱情转化而成的这一份温情，他们努力把暮年那一盏渐趋黯淡的灯点得更璀璨、更明亮。

碗中有个缤纷的世界

第一回看老挝人吃牛肉米粉,感觉惊心动魄。

牛肉米粉是老挝一道著名的小食:烟气氤氲的米粉,极白、极滑;铺陈在上面的牛肉片呢,轻、薄、软、嫩。整碗米粉,像是一幅淡雅隽永的画作。

浸在清晨那明亮而欢愉的阳光里,坐在拭擦得干干净净的矮桌边,看到这样一碗超尘出世的食物,连心情都变得纤尘不染。

与我同桌的是个老挝人,年轻而黝黑的脸庞,在风吹雨打的粗糙里,透着活力。米粉一端上来,他便开始"变戏法"了:加入一大把薄荷叶和几个小辣椒,倒进鱼露、白醋、酱油、辣椒酱,掺入白糖、虾膏,挤入酸橘汁,撒上胡椒粉。他

来者，必去

"心狠手辣"地干着这一切，没有丝毫的温柔。原本清澈见底的汤，被他任意"蹂躏"而又胡搅一气之后，五颜六色、百味麇集。这时，他快快乐乐地拿起筷子，埋头入碗，泰山崩于前而色不变，呼噜呼噜地吃个心满意足。

我原本以为，这仅仅是个不按常理出牌的特殊个案，没有想到，在老挝，人人如此。每当米粉一搁到面前，个个都专心致志地吃得不亦乐乎，男女老少，莫不如是。

综观老挝的历史，这是一个饱受战火摧残的地方，那一碗冰清玉洁的米粉，便成了他们寄托梦想的"乌托邦"——生活苍白无色吗？不要紧，他们变换手法巧妙地弄出一碗的缤纷多彩。生活淡然无味吗？没关系，他们"招募各路英雄好汉"，搞出一碗的酸甜苦辣。他们大汗淋漓地吃，在咂嘴咂舌间，所有的不快、不满、不甘、不平，全都抛到九霄云之外。

枯枝与矮人

那段枯枝，粗若手臂，约有尺半来长，是用手随意拗断的，断口处参差不齐，别有一种粗犷古朴之美。树皮龟裂了，这里掉一块、那里缺一片，斑斑驳驳、破破落落，无声地诉说一则百年沧桑的故事。就在这一段枯枝上，趴着、坐着、躺着、卧着四个面貌奇丑的小矮人。

在阿根廷西部的城市巴里洛切（Bariloche）的一个周末集市上，看到这一件雕塑品时，我的心，大大地被震撼了。

那时，夜初冷，春寒料峭，街市冷落。

归心似箭，加上生意不好，许多艺匠都忙着削价出售自己摊子上的手工艺品。

只有他，懒洋洋地靠在一棵树上。正是春暖花开时，丰盈

来者，必去

的花，一簇一簇的，好似白色的小蝴蝶，满树停驻，暗香浮动。那人，蓄着长发、留着胡子，口里闲闲地衔着一根长长的香草，半眯着眼，一副"天塌下来当被盖"的模样。

地上，铺了一块米色的亚麻布，那个构思奇特的艺术品，便端端正正地搁在上面，自有一份无声的庄严。

旁边标着价钱：一千比索（约合一百美元[*]）。

我蹲下来，看。乍看只觉奇特，细细一看，却有"众里寻他千百度，蓦然回首，那人却在灯火阑珊处"的悸动。

是枯枝上那四个小矮人带来了强烈的艺术感染力。

是他们脸上的表情，使我有难以自抑的震动。

那是一种对苦难全然无所畏惧才能拥有的安然，那是一种对世事全然看透才能持有的淡然，那是一种对人生无所要求才能具有的恬然。

那是一种全新的境界。

在这境界里，有很深很深的快乐，然而，这快乐，却又不是轻浮地展露在笑容里的，它植于眼神中、藏于唇角内、没入脸部肌肉里、镶嵌在无形的灵魂中。

这是富于禅机的艺术雕塑。

艺人不肯削价，我照价买下。

有人说贵。只有我知道：用这价格买一份禅机，便宜得不可思议。

---

[*] 根据文章写作时的汇率换算，本书余同，不再一一说明。——编者注

断弦的琴

清清楚楚地记得，那天下午，她是站在格但斯克旅游促进局侧门的墙角处的。

微鬈的头发是银白色的。脑勺处，用黑色的薄纱巧妙地梳了一个小花髻，髻上缀以绸花。滑亮的白绸上衣不经意地闪着华丽的亮泽，鲜红的窄裙剪裁合宜，黑色的丝袜、矮跟儿的皮鞋，是刻意追求潮流的明证。

尽管装扮是这样的"年轻"，然而，那张脸，却不是年轻的。脸上一道一道深深浅浅的皱纹，还有那历尽沧桑的眼神，都难以掩饰地泄露了她的年龄。青春已离她远去，可是，她却可怜兮兮地企图抓住青春虚幻的尾巴。

我和日胜经过她身边，刚想迈入旅游促进局的大门时，她突然伸手扯住了我，用生硬的英语说道："睡觉？"

我吓了一大跳，赶快甩掉了她的手。

妇人不气馁，依然艰涩地用有限的英语单词来表达心中的意愿："你们，睡觉的地方？我家有。"

啊，我总算明白她的意思了。她是波兰寻常百姓，想出租房间给游客以赚取外快。问她房租多少，她说："一个人，四十兹罗提；两个人，八十。"

我默默地算了算，八十兹罗提，折合新币不到三十元，实在便宜得不像话！

一拍即合，我们跟着她去搭乘公共汽车。大件的行李全都寄放在火车站，手上只提了一个轻便的旅行袋，因此，我们毫无困难地便挤上了公共汽车。

只过了三个车站，便下车了。

眼前，是一条长长的泥路。傍晚温热的阳光落了下来，连拖在地上的影子也显得疲乏无力。泥路的尽头是一幢破落的公寓，楼高四层，色漆剥落，里面的红砖猥琐地露了出来。公寓前有一大片空地，小孩儿快乐地踢球，野狗快活地乱窜，扬起满天满地的沙尘，脏而乱。但是，它让人切切实实地感觉到生活的脉搏在跳动着。

妇人住在三楼。

尽管门外的世界污秽破旧，可是，门内却是"另有乾坤"。

布置雅丽，纤尘不染。

面积不大，长方形的厅、小小的卧房、窄窄的浴室，还有小巧的厨房，就是屋子的全部"内容"了。

这里那里随意地摆放着的盆栽，恣意吐放出袭人的绿意。

靠墙处的柜子上，整整齐齐地摆放着闪闪发亮的水晶器皿；还有，两帧很大的照片——一男一女，男的英气勃勃，女的妩媚漂亮。见我盯着照片瞧，妇人以自豪的语气说道："我和我丈夫。"说毕，又指了指她丈夫的照片，做了一个睡觉的姿态。我朝她虚掩的卧房看了看，她知道我误会了，立刻指了指上面，又在胸前画了个"十"字。

原来是个孀居的寂寞寡妇！

她将我领到卧房去。卧房和大厅一样，收拾得有条不紊。墙上挂着夫妻俩年轻时的合照，妇人像只依人的小鸟，倚在丈夫宽厚的胸膛上，那一份柔情蜜意毫无保留地从照片里流露出来。琴瑟和鸣，可现在一根琴弦已戛然而断，妇人夜夜独听这"无声之曲"，能不泪湿衾枕？

妇人的浴室里，瓶瓶罐罐全都是化妆品：收缩液、清洁液、护肤液、粉液、粉饼、指甲油、唇膏，林林总总，应有尽有。我算了算，单单唇膏足有十二支不同颜色的！

美人迟暮，是人世间永远的遗憾。很显然，妇人迄今还不能接受暮年已届的事实。

她的丈夫生前任职于外交部，经济能力不错，五十岁时心脏病猝发而死。她孀居至今，已有六个年头。三个孩子全已长大成人。像世界上其他许许多多的家庭一样，母鸟含辛茹苦养大的雏鸟在羽翼丰满后离巢而去。垂垂老去的母鸟独留旧巢，将往日温馨的回忆切成一小块一小块的，储藏在"记忆之箱"里，每天拿一块出来，慢慢地咀嚼。生活在这时已经变成了淡然无味的甘蔗渣，可回忆却像是一根根甜美多汁的甘蔗，让她在咀嚼的同时，对生命生出了眷恋之心。

最近这一两年来，为了排遣寂寞，她把屋子租给来自世界各国的游客。最"辉煌"的一次"成绩"是：她"接收"了一群来自美国的年轻人，总共十三人，把整间屋子挤得密不透风。

此刻，坐在房间的椅子上，她起劲地说呀说的，一屋子都是她的声音。夜渐深，她不累，反而越说越兴奋；然而，我的眼皮却慢慢加入了铅块，沉重得快要撑不住了。好不容易等她离开后，我倒下便睡，睡了个天昏地暗。

醒来时，大片日光已经贴到床褥上了。

厅里飘来缕缕咖啡香，妇人已经把早餐准备好了。美丽的小竹篮里放着长圆形的面包，圆圆的瓷盘上搁着香肠。咖啡、牛油、果酱，整整齐齐地排列成马蹄形。

面包硬如石，香肠冷若冰。

日胜建议："你自己拿香肠到厨房去煎一煎吧！"

厨房里，妇人独自坐着用早餐，很简单，就只有咖啡和面包而已。

我告诉她,我想煎香肠。她立刻便从灶底拿出了一个小小的平底锅来。锅底有一层薄薄的蜡状物,黄黄的、亮亮的。我以为锅子不干净,正想拿到水龙头底下冲洗时,妇人飞快地扯住了我的手肘,接过了锅子,放到炉上去,生火。锅子一热,那一层蜡状物立刻熔解了。仔细一看,嘿,原来是油啊!想必她昨夜烹煮晚餐时,锅里有剩余的油,舍不得洗,任由它残留在锅上。我用这油把切成薄片的香肠煎得香香的,美美地饱餐一顿。

然后,出门去。

我们把一整天的节目排得满满的:早上,泛舟游览波罗的海,赤足漫步于闻名遐迩的苏波海滩;中午,逛游旧街市,参观了古教堂和古城墙;下午,去看第二次世界大战的爆发地——维斯特布拉德半岛,也看了当年波兰工人发动罢工的据点;晚上,观赏了一场精彩绝伦的波兰民族舞蹈。

回返妇人的家时,已近子夜。长长的泥路没有街灯,朦朦胧胧的月光,把我们的影子模模糊糊地印在地上,气氛显得阴森而诡谲。

妇人倚门苦盼游人归,见到我们,满脸都是释然的笑意。我们进门后,她紧随于后,絮絮地说着一串又一串的波兰话。在这一刹那,我堕入了时光隧道里:此刻,我是个迟归的少女,俯首聆听母亲的训话。

来者，必去

妇人跟在我后头，拿拖鞋给我穿，为我开瓦斯炉烧水洗澡。洗澡时，我闻到外头飘来的咖啡香，出来时，果然看到桌上端放着两杯咖啡。她坐在客厅里指了指咖啡，又指了指时钟，嘱我们快点儿喝、快点儿睡。第二天早晨六点半，我们便会离开这儿，搭乘火车到波兰的另一个大城市波兹南。

入房就寝，发现昨晚晾晒在阳台上的衣服，已经熨得平平直直的，整整齐齐地用衣架挂在墙上。

我取出今天买的五个大桃子，准备明天送给妇人。水果在波兰是奢侈品，很大的蛋卷冰淇淋只售一毛钱，可这桃子每个售价高达六毛钱。

次日早起，可是，妇人比我们起得更早。

她给我们做了早点，每人两片面包，夹了香香的熏肉，放在塑料袋子里给我。

我把五个桃子送给她，桃子上那一层红晕与妇人脸上的笑靥交相辉映。她用双手圈住我的肩膀，吻我的脸颊，一下、两下、三下。她的眼睛很亮很亮，像薄薄地镀了一层水光。我只是掠过她生命之湖的一只很小的蜻蜓，过不留痕，可是，她却依依不舍。我想，在潜意识里，她大约是把我当作她离巢而去的孩子了吧？

妇人站在楼梯口，目送我们远去。我们走到泥路的尽头，回首，看到一团小小的黑影，好似一具矗立不动的化石……

三大心态

来到了阿塞拜疆西北部的城市舍基,下榻于民宿。

这所石砌的古老屋子,有五个大房间。房东在花香和果香氤氲的庭院里,设了桌椅,让倦游归来的房客歇息。我们一坐下,热诚的房东依格尔便会为我们沏一壶热茶,与我们聊天。

40余岁的依格尔,说英语时,不但用词漂亮,而且文法准确。在英语不通行的阿塞拜疆,这是很不寻常的。让人费解的是,他从来不曾在任何语言学校接受过正规的教育,他究竟是如何把英语练得如此炉火纯青的呢?

他表示,学习语言,必须具备三种心态,那就是猎人心态、蜗牛心态和蝙蝠心态。

"猎人心态"至为关键。他说:"地上的走兽、天上的飞

来者,必去

鸟,都不会自动扑到猎人的枪口上。猎人必须主动出击呀!"

在语言学习的道路上,他这个"隐形猎人"所要积极猎取的,是机会。他说:"我不放过任何一个即使是最细微的机会。"

年轻时,依格尔在一所学府的食堂里当助手。忙完厨务之后,其他人打盹休息,他可不。征得学府管理层的同意,他到教室里当旁听生,从零学起。这堂课听完了,他便溜进别的教室,继续听、继续学。

"我不想一辈子待在厨房里与炊烟纠缠不清。"他说,"我一直有个梦想,我想拥有一家旅馆,与来自世界各国的游客打交道,让他们来到阿塞拜疆有宾至如归的感觉;而要实现这个梦想,我就必须先以英语来武装自己。"

原来,追逐梦想是他学习最大的驱策力!在猎取到了难得的学习机会后,他便积极发挥"蜗牛心态"了。

"蜗牛每天顶着沉甸甸的硬壳,坚持不懈地爬行。当来到一堵高墙面前,它们选择的不是打退堂鼓,而是勇往直前,攀爬而上。它们有着顽强的斗志,是很好的学习楷模。"依格尔滔滔不绝地说道,"学习语言,最忌讳的便是'三天打鱼,两天晒网'。就算学习的速度比蜗牛更慢,也必须坚持每天学习。"

他进一步指出,如果光靠坚持而没有爱,学习就会变成一大苦差,一旦撑不下去,便溃不成军。

对依格尔来说，广播、电视、电影，全都是寓学习于娱乐的大好教材。他反对"苦背字典"的刻板方式，他说："一个词一个词地学，太枯燥了；再说，单词是为句子服务的，倘若我们连词带句地学，不但可以学到文法，还可以学到优美的表达方式。"

在学习的过程当中，依格尔讲求的是"蝙蝠心态"。

"蝙蝠，是所有的哺乳动物当中听觉最为敏锐的。蝙蝠的耳朵，具有非常精细的超声波定位结构，它分辨声音的本领很高。"他口沫横飞地解释道，"一开始学习语言，我便养成了像蝙蝠一样的习惯——屏气凝神地听，聆听对方的讲话内容，也仔细分辨对方的口音。如此经过多年的自我训练，现在经营旅舍，不管下榻者是哪一国人，也不管他有啥口音，通通难不倒我！"

谈到这儿，几名来自美国的房客回来了，他立刻站起来，说："我给你们沏壶茶！"

把茶端来之后，他急切地问他们对舍基这地方的看法。

他把每一名房客当成他的老师，他把每一次的交谈看成他的语言课。

我在他灼热的眸子里，看到了猎人扑向机会的敏捷，看到了蝙蝠心无旁骛的专注，也看到了蜗牛匍匐而行的坚忍。

来者，必去

人生的滋味

那一年，住在沙漠区。

一日，无意间发现屋外那坚韧挺拔的仙人掌竟结出了一球一球璀璨瑰丽的果实。那种感觉，给人无限惊喜。

累累果实，因成熟度的不同而呈现出嫩青、淡黄、橙红、艳红等色泽，这仙人掌好似一棵灿然生光的宝石树。

我看中了一颗大的熟的，喜不自抑地伸手去摘；然而，万万想不到，手掌才触及果子，立马痛彻心扉，惊喊出声，将手缩回。细加审视，这才发现，果子上，密密麻麻的，都是细若绒毛而又尖如钢针的小刺！多如牛毛的刺，根根入掌，手指一碰，便痛不可当。最为麻烦的是，它们细如毫发，不易清除。耐心地用针和镊子一根一根地挑、夹、拔，足足弄了一个多小时，才勉强清理干净。

心中有气，决定吃它。

戴上塑胶手套，找来刀子，毫不留情地把它居中剖成两半，果肉在艳红里透着嫩黄，中有点点细如芝麻的黑籽，流光溢彩，煞是好看。

果肉蕴含丰富水分，味儿好似柿子却胜于柿子，正吃得满心欢喜时，那颗颗小小的黑籽却大煞风景地挤进了牙缝里。我忙着剔除，食趣大减。

惊艳、惊悸、惊喜、惊怒，小小一颗仙人掌果实，却让我品尝了整个人生的滋味儿。

正因为世事难料，人生才充满奇趣。

来者，必去

螃蟹与蟛蜞

　　有时，不免要想：螃蟹前世必是我的宿敌，所以，今生一看到便想吃。

　　说来汗颜，到斯里兰卡去的一个大动力，竟是可以天天狂吃大螃蟹。暗自盘算各种做法的螃蟹，诸如黑胡椒、白胡椒、蛋黄、奶油、清蒸、麦片、咖喱、辣椒等，逐餐轮流吃，就算吃得打横走，也是值得的。

　　没有想到，我的计划，全盘落空。

　　大螃蟹在它的故乡斯里兰卡，竟然不是唾手可得的。

　　科伦坡（Colombo）中餐馆麇集，少说也有三四十家，当地人常常自我调侃地说："我们的中餐馆啊，比中国还要多呢！"

到"168中餐馆"去，点菜时指定要一千克以上的大螃蟹，侍应生一听便摇头说道："大螃蟹？没有！全都出口到新加坡去了。我们这儿只有五六百克的！"我叹了一口气，委曲求全地点了咖喱螃蟹，小小的一只，好像发育不良，吃得意兴阑珊，与鸡肋无异。

次日，打电话到著名的喜来登中餐馆预订大螃蟹，要求重量在1.3千克左右、有着丰厚肉质的那种。餐馆经理迟疑着说："我不能保证一定有，不过，一定会尽力帮您找！"后来，打电话通知我说，供应商已找到一只重达一千克的。

兴冲冲地赶赴餐馆，令我大感错愕的是，端上桌来的这只大螃蟹，居然只有一只钳！

招来领班，问道："还有一只大钳呢？去了哪里？"

领班老老实实地说："螃蟹来货时，全都是单钳的。"

"什么！斯里兰卡生产单钳螃蟹？"我愕然问道。

"不是啦！"她笑了起来，"许多螃蟹，因为打架受伤或者搬运时不慎而弄掉了一只钳子；这些肢体残缺的螃蟹，全部保留内销。那些品质上好的、双钳齐全而硕大肥壮的，通通外销到新加坡去了。"

哎呀，过去，我真是个"身在福中不知福"的人啊！

在科伦坡，有家以螃蟹为号召的餐馆，名字唤作"Ministry of Crab"（蟹务部）。餐馆入口处，竖立着一个大大的广告牌子，上面以风趣诙谐的语言写道：

来者，必去

亲爱的顾客：斯里兰卡螃蟹长久以来俘虏着新加坡饕餮的心，我们向您保证，本餐馆的螃蟹品质，绝对等同于外销到新加坡的，唯一的不同是，它们更为新鲜，在捕获之后，不需要搭乘飞机，立马便送上桌来……

莞尔之余，细看价目表，边看边心惊。半千克大小的，一只售价2500卢比（约折合新币22元）。价格依重量而渐次提高，一千克大小的售价居然高达5700卢比（约折合新币50元），这就等于当地劳动者半个月的薪金呀，吃了又如何消化？

当天傍晚，到海畔欣赏日落。

在沙滩上一字排开的小食摊，卖的清一色是油炸食品。经过几番轮回的油，黑得像森林的夜。丰腴的油味，好似绽放的烟花一样，热热烈烈地喷洒出满地艳艳的芬芳。我发现，最受当地人欢迎的是油炸蟛蜞，这种超细超小的螃蟹，千依百顺地趴在香香脆脆的面饼上，我见犹怜。

当地人围着小食摊，买一大包，一家大小你一个我一个地抢着吃。当夕阳慢慢地坠落于海面时，整个沙滩都是咀嚼蟛蜞所发出的声音——"咔嚓、咔嚓、咔嚓"，再仔细听，那竟是蟛蜞满足地喟叹，兴许是它们觉得自己能够小小地抚慰国人的胃囊，因而把自家的四分五裂当作一种快乐的奉献吧！

"咔嚓、咔嚓""咔嚓、咔嚓"……

夕阳被贪婪的大海吞噬后，蟛蜞的"咔嚓"声依然欢喜地在回荡着……

五彩箫声

从洞箫这一根细细长长的竹管里吹出来的,除了像丝绸一样温柔的声音,还有令人心醉神迷的色彩。

色彩?

是的,在巴基斯坦旅行时,我就曾经看过洞箫里流出了彩虹般的璀璨色彩。

在北部大城拉瓦尔品第(Rawalpindi),我一脚高一脚低地走在坑坑洼洼的马路上,汗如雨下。走着走着,突然,前方传来了箫声。

不远处,有道人墙,快乐的音符四处飞跃。我挤了进去,看到了蛇。

跳舞的蛇。

来者，必去

啊，街头艺人正以洞箫戏蛇呢！

忽而尖拔高昂、忽而低沉柔美的箫声，无比狂乱却又乱中有序地交织成一道不绝地颤动着的彩虹。蛇在竹篓里，伸出了半截性感的身子，在箫声化成的斑斓色调中，舞出了叫灵魂也吃惊的婀娜。众人如痴如醉地喝彩，吹箫的汉子吹得越发起劲，乍疾乍徐的箫声深深地嵌进了蛇那柔若无骨的身躯里，它忘情地舞，舞舞舞、舞舞舞，舞出了满天华彩。成人与小孩儿，都兴奋难抑地喊、叫、笑、跳。这天下午，缤纷的箫声把这一群老老少少带进了精神的伊甸园，使张张脸庞绽放出亮光……

又一年，到伊朗去。

在历史悠久的肯多文村庄，我看到洞箫流出了粉红色的旖旎色彩。

在这个千年老村里的三百余个居民，全在山上凿洞而居。

我舟车劳顿、千山万水地寻了去，却在那一个个黑魆魆的洞穴里，看到了一张张毫不友善的脸孔。毫无礼貌的孩子把我送的糖果鄙夷地丢在地上；凶悍的成人指着我的相机叫嚣、斥骂，甚至作状要抢相机、要打人。空气里有张牙舞爪的敌意，我的心因此而长满了难受的疙瘩。

后来，经住在伊朗其他城市的朋友解释后，我不但释怀，而且，对古村居民肃然起敬。

原来，村民表面的敌意，是内心恐慌的反应啊！

千百年来，他们凿洞而居，以畜牧为生，自给自足，自得其乐。他们不要外来的游客破坏原来的安宁恬静的生活面貌，他们更不要蓬勃发展的旅游业污染原本无欲无求的心境；然而，三五成群出现的游客，使他们内心的不安转化为难遏的恐惧，在无助又无奈之余，他们只好戴上"粗暴无礼"的假面具，希望能借此驱走不识趣的游客。

啊，凶恶的外表里，隐藏着的却是朴实的人性。

我在山上慢慢地走着，走着……突然，有箫声从洞穴里传出。洞穴内站着吹箫的，是老翁；坐着听箫的，是老妪。

从洞箫流出来的那清越柔婉的箫声，是淡淡的粉红色的，像袅袅腾腾的烟雾，轻轻地罩在老妪的脸上。她脸上那原本杂乱的皱纹，慢慢地变成了一圈一圈很温柔、很温柔地荡开着的水波。

我看着、听着，眼眶全湿。

住在一无所有的狭隘洞穴里，他们却富有得好似拥有了一整个辽阔的世界。

那箫声，潇洒自在地在老得极有尊严的山头上缠缠绵绵地绕来绕去，粉红色的，浪漫而又温馨……

啊啊啊，箫声，真的、真的是有颜色的啊！

每个人的心中，都有一管无形的洞箫。

我们可以听凭自己的心境调配箫声的色彩，身处顺境的人自然会有五彩箫声来锦上添花，然而，身处逆境的人却更需要

来者，必去

以五彩箫声来为自己营造精神的桃花源。

境遇可以是黑色的，箫声却不能。

棺材板

我在台南赤嵌楼附近那家店铺外面看到"棺材板"这三个字时,立马觉得毛骨悚然。

谁敢相信,"棺材板"竟然是驰名台南的一道小食!

将厚厚的面包在油里炸得金光灿烂,中间挖空,塞入鸡肝、鸡胗、鸡肾、马铃薯、玉蜀黍、青豆、胡萝卜、牛奶面糊,再浇上液状奶酪,鼓鼓囊囊的面包,四四方方的,像个棺材。这时,再用薄薄的油炸面包片做个"棺材盖子",盖上,让顾客用刀切食。

食物的卖相其实挺美,但是,怎么会和这么一个阴森恐怖的名字扯上关系呢?再说,中国人一向忌讳死亡,为什么又会让"棺材板""堂而皇之"地进入五脏庙(身体)里呢?

来者，必去

追本溯源，20世纪40年代，台南有个经营饮食业的师傅，名字唤作许六一，受西餐饮食的熏陶和影响，发明了一道"中西合璧"的小食——他把鸡肝等中式用料嵌入西式的油炸面包里，取了一个很俗气的名字——"鸡肝板"。由于构思新颖、口味新奇，小食一经推出，便风靡当地。

"鸡肝板"，这个"一本正经"的名字，后来为什么会改为"耸人听闻"的"棺材板"呢？

对此，众说纷纭。

有人指出，曾有食客戏谑地告诉许六一，鸡肝板形状酷似棺材板，许六一听后抚掌大笑，说："棺材板，啊，好名字！"从此，"棺材板"这邪里邪气的名字便不胫而走了。

另一个传说指出，曾有台湾考古队伍到许六一的小食店品尝鸡肝板，其中一个考古队员打趣地对许六一说道："你这鸡肝板，和我们正在挖掘的石板棺十分相像呢！"脑子灵活的许六一闻言心喜，从此便以"棺材板"作为宣传噱头。结果呢，这个"不同凡响"的名字，果然很快传扬四方，客似云来。

我对朋友说道：

"这道小食，以'棺材板'命名，着实亵渎了它的美丽。如果称它为'百宝箱'或是'珠宝盒'，不是既吉祥又好听吗？"

哪里知道，朋友却摇头应道：

"台湾小食，多如过江之鲫，要脱颖而出，非得出奇制胜不可!'棺材板'这名字,又邪又怪,正好迎合了人们的猎奇心理。就算它不如传说中的美味可口,可是,游客一到台南,还是非得找来尝尝不可!倘若正经八百地称它为'百宝箱'或'珠宝盒',恐怕它会湮没在多如繁星的小食当中了。"

说的极是。

来者，必去

牵骆驼的人

决定骑骆驼进入撒哈拉大沙漠的那一天，晴空万里，云彩全无。太阳，似放出千支万支烙红的毒箭，不分青红皂白地猛烈发射。风着火了，气势汹汹地燃烧着大地。

牵骆驼的，是个土著，皮肤很黑、牙齿很黄、皱纹很多、话很少。起伏有致的沙漠，被烙得冒着袅袅的烟气，而他，竟赤着足。那双千锤百炼的脚，龟裂成比世界地图更为复杂的图形。

牵着骆驼，他低着头，走。走，走，走。走进空旷而苍茫、美丽而诡谲的沙漠。

空荡荡的大地，漾出一圈一圈金色的亮光，把干干净净的天映照得好似绸缎一般明亮，人置身其中，有一种虚幻的瑰丽感。

偶尔风来,我戴的帽子逃走了,牵骆驼的那人,便在齿缝间发出"嘶嘶"的声响,让骆驼驻足,然后,以比风更快的速度去追。帽子追回来后,他木然地递给我,浑浊的眼珠,好似死鱼般呆板。

沙漠的景致,不是平平坦坦一望无际的空洞,更不是死死板板全无变化的单调。沙与风,是一对胡闹的伙伴:风一来,沙便活泼地飞舞,它旋呀转呀,变出千姿百态,幻化成万种面貌。于是,在闪烁的金光里,我看到曲线玲珑的少女醉卧沙地;在荡漾的金波中,我见到巨大的鲸鱼搁浅沙滩。

撒哈拉大沙漠,就像是一缕充满了诱惑的幽魂,把无数异乡人纳入它宽阔的"胸膛",让他们难以自抑地对它萌生爱意。

一路行去,啧啧赞叹。

牵骆驼的人那张黧黑的脸,露出了蜻蜓掠水般的笑意;原本死鱼般的眼珠子,也隐隐约约地闪出些许亮光。

走着走着,也不知走了多久,眼前突然出现了一片绿色。那悦目的绿色啊,蔓延、扩充,绿色的面积越大,感觉就越凉快。啊啊啊,是沙漠的绿洲啊!

这时,牵骆驼的人喉间忽然发出了"咔咔"的声响,骆驼屈膝、下跪。我从骆驼背上溜下来,他指了指前面那一条潺潺流动的小溪,率先跑了过去,用手掌舀起一把清澈的溪水,洗脸;然后,抬头看我,晃动着一脸晶亮的笑意。

来者，必去

美丽的沙漠是他的自豪，清凉的绿洲是他的快乐。牵骆驼的这个人，把他整个生命糅进了沙漠里。

走在"蛇尖"上的女人

那天,在危地马拉城古老的街巷里闲闲地逛着时,忽然看到一家中餐馆门口站着一个慈眉善目的华裔妇女。

饥肠辘辘,我们毫不犹豫地迈了进去。

那个妇女,是"好好餐馆"的东主冯绮云。

我在翻阅菜单时,她问:"你们吃鱼头吧?"我答:"哎呀,鱼头是我的最爱呢!"她说:"我刚刚焖了一个大鱼头,送一碗给你们吃吧!"我立马眉开眼笑。点了个西兰花牛肉,正想再点别的,她赶紧阻止:"够了,够了!"

她亲自给我们端来一碗热气腾腾的焖鱼头,让我味蕾叹服的,倒不是那鱼肉的超常嫩滑,而是那鱼皮出奇的厚、出奇的软,味似海参而又胜于海参。冯绮云笑眯眯地说道:"这条石

来者，必去

斑鱼，足足重达22千克呢！我将鱼头和鱼皮加了香料慢火焖煮，鱼骨熬汤，留着自己享用；鱼肉呢，就打成鱼饼和鱼丸，卖给食客。"我笑道："你真是物尽其用啊！"她也笑："精华留给自己呢！"

冯绮云健谈，貌似半百的她，实龄已达68岁。她是香港人，丈夫是危地马拉土生土长的华裔，经营着家族传承的售米业，有一回到香港办事时，与她一见钟情，缘结终身。

"移居到危地马拉的那一年，我才28岁，一句西班牙语也不会，对商务也一窍不通。但是，马死落地行呀，凡事只要咬紧牙关，总能应付的！"

学会了西班牙语又掌握了做生意的窍门后，她与丈夫自立门户，经营餐馆，迄今已30余年。

正谈得高兴时，有个瘦男人背着一个麻包袋上门。两人议价，不旋踵便成交了。她告诉我，麻包袋里装着的是蛇，两条，售200格查尔（约折合新币33元）。她带他进厨房去，我尾随其后。

瘦男人杀了蛇以后，用尖尖的刀子将蛇身剖开，取出蛇胆。冯绮云视蛇胆不啻拱璧，端碗去盛，两条蛇，两个胆，阴森的墨绿色。

"蛇胆泡酒，如果常吃，听说可以促进血液循环，增强免疫力，对脑卒中病人有一定的疗效。"说着，她轻轻叹了一口气，继续道，"2006年春节过后，我的长子突然得了脑卒中，经过抢救，虽然捡回了一条命，但元气大伤，行动迟缓如老人。更糟的是，他丧失了部分记忆，许多经历过的事，问起时，一脸茫然。亲友来探望，他竟问对方是谁。有时，刚刚吃过饭，他却记不起吃了些什么。为了照顾他，我忙得团团转。怎么都没有想到，同一年的年尾，我的丈夫，居然也脑卒中倒地，迄今还瘫痪在床！各大名医都看遍了，可不见起色。有人给我偏方，教我用药酒去浸蛇胆，我也只好试试喽，希望会有奇迹出现。"

这一线微茫的希望，变成了她赖以坚强地活着的浮木。

血淋淋的杀戮里，包裹着的是对亲人浓浓的爱。这个妇人，每每在喂丈夫和儿子吃了酒浸的蛇胆后，便用蛇肉煮一大锅蛇羹，坐在冷清的大厅里，一匙一匙慢慢地舀着吃。在袅袅冒着的烟气里，笑意蜻蜓点水般地浮现在她孤独的脸上。

来者，必去

香伯

香伯住在一幢老屋里，屋子坐落于一条很瘦的老街上。这间祖传的屋子，砖瓦破落，墙壁被"岁月的火把"熏得灰灰黑黑的。尽管这里"其貌不扬"，可是，每天都有不计其数的人慕名而来。

来此，只有一个目的：买饼。

香伯做的香饼，单是饼皮，便足以令人拍案叫绝：烤成很淡的褐色，一层层薄薄地叠在一起，脆而不碎，最上面那一层，还调皮地粘着几粒好似在跳舞的小芝麻。充作饼馅的麦芽糖，软软甜甜且不说，最不可思议的是，它不腻、不滞、不粘牙。

香伯好像是为了做香饼而生的。

他做饼的手艺究竟是从哪里学来的，没人知道。我只记得，我还在怡保育才小学读书时，便常常看到皮肤好像古铜一样闪闪发亮的香伯，把他做好的香饼，放在纸箱里，用电单车载到菜市去卖。生意很好，才一盏茶的工夫，便卖光了。

他姓什么，没人探问；他叫什么名，也没有人关心。只是人人都喜欢他做的香饼，所以，都亲切地称他为"香伯"。

我八岁那年，父亲带着一家子从怡保南迁到新加坡谋生。

无巧不成书，我结婚以后，婆家也在怡保。

有一回，姻亲送了一包香饼给我，说：

"你尝尝，特地订的。那老头，生意真好，脾气可大呢，一面做饼，一面骂人！"

我拿起一个香饼，不经意地看。半圆形的香饼，呈淡淡的褐色，薄薄脆脆的饼皮，层层相叠。咬一口，那薄若蝉翅的饼皮，依然一层一层若即若离地叠在一起，饼内的麦芽糖，不腻、不滞、不粘牙……

我那份死亡了的记忆，立马复活了。我急巴巴地问：

"做饼的人，可是香伯？"

对方一点头，我便求她带我去看看。

香伯已不在菜市摆摊了，他整日窝在老屋里烤饼。烤好的饼，放在铁皮桶内，每桶十斤。凡是上门买饼的，必须电话预订，那些贸然摸上门去的，他一概不理。他也将饼批发给附近的杂货店。不过呢，他有个大家都知道的怪脾气：向他订货领

来者，必去

货的人，必须在同一天之内把饼卖完，以确保香饼的新鲜度。有时，他心血来潮，还会"微服出游"，倘若发现店家还在卖前一天卖不出的香饼，下回订货时，他便会让店家领教他那比石头还冷还硬的臭脾气。

有人劝他把这种家庭式的手工作业加以"机械化和企业化"，他嗤之以鼻：

"机械冷冰冰、死板板，做出来的饼一个个好像穿上制服的木乃伊，连味道都带着机器那一股硬邦邦的味儿，又怎么入得了口呢！"

有人见他孑然一身，劝他寻个伴。这话，他倒听进去了，一寻便是两个。不过呢，寻来的不是老婆，而是徒弟。他收了两个辍学的少年做徒弟，三个人"生死与共"地窝在老屋里做饼。他倾囊以授。可叹的是，两个小徒弟学了三分功夫，便以为自己是所向披靡的"香饼大王"了，居然另起炉灶，自设分号。识货者自然对香伯忠心耿耿，从一而终；然而，也有许多人傻傻地把"鱼目"当"珍珠"。两个小徒弟背弃道义的做法大大地伤了香伯的心，然而，更令他耿耿于怀的是，大张旗鼓的小徒弟，还没练成十足的功夫，便以不完美的香饼敲锣打鼓。众人在吃着这些有着瑕疵的香饼时，还窃窃私语："嗳，这是香伯的徒弟做的呢！"香伯觉得，让自己的名字和那样的香饼紧紧相连，对他来说，是一种"无言的侮辱"。

原本就不善与人打交道的香伯，变得更加古怪、孤僻、寡言了。他发誓,此生不再收徒,所以,在垂暮之龄一个人留在暗沉的老屋里,用饼香来镶嵌他的晚年。

  姻亲带我到老屋去,远远地,我便闻到了那股蹿腾而出的香气。屋里,打着赤膊的香伯,正把搅好的麦芽糖放入擀好的饼皮里。他的神情,是那样的专注、那样的虔诚,好似他做的是举世无双的艺术品。

  夕阳的余晖透过了色漆剥落的木窗斜斜地照了进来,浸在金色余晖里的香伯,像是一枚熟透了的柿子。尽管这枚表皮起皱、黑斑丛生的柿子不再新鲜,可是,那种敬业乐业的态度、那种寻求完美的精神,却使他苍老的脸在这幢光线暗淡的老屋里,散发出一种炫目的亮光⋯⋯

来者,必去

纸上树魂

那夜,停电。

尼泊尔南部的那个小村庄,好似不小心掉入一个巨大的黑坑里,伸手不见五指。

泥路两旁的店铺,几乎全都进入了梦乡,只有一家还亮着一盏苟延残喘的煤油灯。

金黄色的火舌,闪闪烁烁,满室都是朦胧的风情。

在店里鹄候着的,是一对祖孙。

一迈入店内,一股树木的清香,立刻缠缠绵绵地粘了我一头一脸。老祖母脸上浮着蜻蜓点水的笑意,将一本薄薄的小册子递给我。

小册子上,有一段简洁的文字:

我生长于尼泊尔的高山区，迄今已经两千岁。大家都把我称为手制米纸，我不怕水浸、不怕蠹虫，我还有止血抗菌的功能哪！

啊，手制米纸！

我一直都在寻找，没想到"踏破铁鞋无觅处，得来全不费工夫"呢！

双眸绽放亮光的我，兴奋难抑地将小册子翻来覆去地看，那些色泽米黄而纹理不一的纸，蠕动着强劲的生命力。侧耳细听，啊，我听到了一个又一个源自高山的神秘故事，那是树与树的故事、树与山的故事、树与纸的故事……

制作米纸的这种树，当地语言称为"LOKTA"，长在尼泊尔东北部寒冷的高山区。

当地人将树砍下之后，将内层的树皮取出，击碎，放入水中，加入苛性钠（氢氧化钠）同煮，煮成浓浆，倒在纱布上，再将纱布套在方形木框上，放在阳光下曝晒。半个小时后，小心翼翼地将半干的纸浆一张张撕出来，用夹子夹着，吊在绳索上，晒上几个小时。等里里外外都干透了，便一张张收起、叠好，送到首都加德满都去加工。

手制米纸用途广泛，它可以依照不同的性质和要求，切割装订成古色古香的大小册子；可以绘上花卉和动物，剪裁成别具一格的信封、信纸和明信片等；或者，将它染上缤纷的色彩，做成美轮美奂的灯罩。LOKTA树具有再生的能力：一般

来者，必去

在树龄六岁时，便可以砍下造纸了；残留的树根，六年之后又可长成同样的高度，再砍……再长……如此生生不息，循环不休，十分环保。

手制米纸的韧性极强，水浸不坏、手揉不皱、虫蛀不了，即使无所不能的岁月，也奈何它不得。尼泊尔在一两百年前以手制米纸签写的文献，迄今完好如新。鉴于此，尼泊尔人目前依然有个不成文的规定：凡是农村借据、田地契约或是法庭证件，只能以手制米纸来印制或签写。

祖孙俩守着一整间店的手制米纸，犹如守着整个民族的文化产业。此刻，店外是黑魆魆的一片，可煤油灯的火舌却在祖孙俩的脸上映出了一片金灿灿的亮光。

想到我可以用这种吸纳了天地精华的米纸给远方的好友献上祝福，快乐霎时化成了一只只小精灵，在我心中旋舞。和它们一起跳舞的，还有附在纸上的树魂呢！

松鼠

屋子后面,是一大片尚未开发的丛林,鸟声啁啾,蛇鼠出没。

邻居是美国人,女主人伊丽莎白爱好大自然,喜爱恣意生长的植物与随处流浪的野生动物。

来自林野的那只体态轻盈的松鼠,便在这时成了她家的常客。伊丽莎白以各式美味的果子喂它。它"登堂入室",来去自如,浑身散发着怡然自得的快乐气息。

后来,这户邻居搬走了,这只松鼠便成了我家的"不速之客"。我发现,这只松鼠早已被溺爱它的伊丽莎白宠坏了,吃品极差。一束香蕉放在桌上,它总是这根咬一口、那根啖一半,之后便暴殄天物地弃而不食了。这时,觊觎一旁的蚂蚁便

来者,必去

快速麇集,大快朵颐,把原本干干净净的厨房弄得邋遢不堪。我觉得自己像个"再世吕洞宾",好心没好报,不免生气。但是,它的样子又的确十分逗趣,孩子总是巴巴地盼着它来,我也就"左眼不开右眼闭"地任由它去了。

食髓知味的它,越发大胆。有时,我们一家子坐在大厅里看电视,它也肆无忌惮地从窗口窜入,神气活现地坐在桌子上。丰满的大尾巴,闲闲地搁着,把下午略嫌阴暗的大厅映照得金光灿烂。为免它受到无谓的惊吓,我们全家人总似入定老僧般,不敢吭声,看大模大样的它恣意糟蹋桌上的香蕉。

它每天必来,而我,也为了它天天摆放一把香蕉在桌上。这种情况,一直持续到我搬迁他处为止。

最近,回返旧居,惊见睽违已久的小松鼠居然被人捕捉了,关在笼子里,搁在铁栅门旁。松鼠圆圆的眸子,无神而又悲哀,原本神气活现的大尾巴,萎蔫一如陈旧的大扫把。

嘿,这松鼠,在屋子易主之后,没有摸清形势,依然故我地持续旧日嚣张的作风,一厢情愿地恃宠而骄,结果,惨惨地沦为"阶下囚"。

金光灿烂

塔吉克斯坦是个"金光灿烂"的国家。

这个国家的中年女子非常喜欢镶金牙,而且,爱把金牙张扬地镶在前面牙齿中间,通过隐隐约约、欲泄未泄的金光,酿造妩媚的风情。有的全部门牙居然都是金光闪闪的,毫不含蓄。当她们开口说话或张嘴而笑时,大胆放肆的金光胡乱晃动,犹如多道闪电齐齐射出,弄得我双眸难睁。我想,万一碰上停电的夜晚,她们只要张开大口,浩瀚的金光兴许便会源源不断地奔泻而出,义不容辞地帮助她们驱赶黑暗。

这些假牙,多数是镀金的,然而,其中也有百分之百纯金的。她们把纯金的假牙当作身份和地位的象征,平日孜孜矻矻地工作,为的就是能够慢慢地在自己的嘴巴内"累积资产"。

来者，必去

我忍不住戏谑地问道："如果不幸遇到强盗，会不会被他们用锤子硬生生地把金牙一颗一颗地敲出来呢？"对方答道："塔吉克斯坦的治安良好，哪用得着担心！"哎哟，我这真是"以小人之心，度君子之腹"了！那么，换个角度来看，万一他日手头银两短缺，她们会不会把金牙撬下来，拿去典当救急呢？她们满脸自豪地答道："嗳，日子策划得好，就不会捉襟见肘了。"看来塔吉克斯坦的女子个个都是王熙凤，善于周周全全地把日子过得圆圆满满的。

我好奇的是，当她们与世长辞时，满嘴价值不菲的金牙，是不是也一起陪葬呢？"陪葬？"她们把头摇得像拨浪鼓，"不不不，太浪费了呀！"一般母亲去世之后，儿女便会把金牙从母亲嘴里取出，根据不同的情况灵活处理。有的会镶进自己的嘴巴里，通过食物的咀嚼来缅怀亲情；有的会以此作为祖传宝物，代代相传；有的则会把货真价实的金牙卖掉换钱，或者暂时典当，渡过难关之后，再去赎回。

认真说起来，塔吉克斯坦的中年女子爱镶金牙，首要考量的是展示美丽而不是储蓄保值。在我眼中俗不可耐的金牙，对于她们来说，却是美丽的象征——甲之砒霜，乙之蜜糖，又一明证。我问一个新婚不久的男子："你会让你年轻的妻子镶金牙吗？"他毫不犹豫地答道："如果她的牙齿被虫蛀了而必须拔掉，以金牙来取代又有何妨呀！再说，镶上金牙，总比没有牙齿好呀！"莞尔之余，我又问："你觉得金牙好看吗？"他

160

微笑应道:"大家都觉得好看,那就成了一种约定俗成的美了!"

我个人觉得,与埃塞俄比亚的"盘唇族"和缅甸的"长颈族"相较,以金牙为美的塔吉克斯坦女子,可以说是非常幸福的。

埃塞俄比亚的摩尔西族少女,在15岁时,必须敲除下颚牙齿,用刀把下嘴唇和牙龈分开,再用小盘子把切口撑开。随着年龄的增长,逐渐更换较大的盘子,最大的直径可达到25厘米。盘子越大,颜值越高。这个畸形的嘴唇,必须和痛苦一起伴随她们一生。缅甸的克耶族女孩呢,为了求取众人一致公认的美,从5岁开始,便得在脖子上缠铜箍,逐年增加,致使颈骨严重扭曲变形。颈项最长者达40厘米,她们不但得负载颈部多达8千克的重量,而且,颈项终生无法转动自如!

塔吉克斯坦女子当中,虽然也有把健全的牙齿敲掉而镶上金牙的,然而,她们最大的幸福在于她们有自我选择的权利和自由。

来者，必去

养马的女人

绿意盎然的橄榄树、婀娜多姿的椰枣树，错错落落而又密疏有致地分布于绵延无尽的海岸线上。微风过处，清澈的海水温柔起伏。

我坐在安静的餐馆内，从明净的窗口向外眺望，心里发出了由衷的赞叹：啊，好个美丽的海岛！

这个隶属于北非突尼斯的海岛，名字唤作"吉尔巴岛"，位于地中海。由于岛上植物普植，素有"绿洲岛"之誉。

餐馆之内，除了我和日胜，就只有另外一个客人。她头发银白而脸色红润，此刻，她正声音洪亮地用极为流畅的阿拉伯语与侍者聊天，看来她是这儿的常客。

这时，餐馆经理从门外走进来，上前搂了搂她，在她颊上

亲了一下,亲昵地说:

"路易莎!你好一阵子没来了,忙些什么呀?"

她搁下叉子,叹一口气,说:

"上回从突尼斯市订的那批饲料,出了问题,谷子里搀了一大堆杂质。我打长途电话去,要求更换,那些鬼东西,一个个推诿。我气不过,买了机票,寻上门去,把他们一个个骂得鸡飞狗跳!"

餐馆经理眼中爬满了笑意:"交涉的结果怎样?"

妇人得意扬扬地应:"当然大获全胜啦!"

餐馆经理朝她竖起了大拇指,说:"路易莎,还是您行,真行!您是女强人!"

"女强人?"妇人呵呵大笑,弯起胳臂,突起臂肌,说,"我才不是什么女强人呢,我只不过是强女人罢了!"

我和日胜都忍不住笑了起来。

她朝我们点了点头,说:

"你们是初来乍到的旅客,永远不会知道,一个女人单枪匹马在非洲做事,会遭遇到多大的困难!"

"你在这儿,做什么事呢?"我饶有兴味地问。

"我养马。"

"养马?"

"是呀,养了十多匹马,租给游客。我的马厩,在地中海畔,距离这儿大约两个小时的车程,一吃完午餐,我便得赶回去。呃,你们如果有兴趣,可以随我去看看呀!"

我双眸立马发光发亮,囫囵吞枣地用过午餐,便跟着她到停车场去了。

吉普车在修建得极好的马路上平稳地飞驰着。马路两旁,时而出现成片的椰枣林,时而出现成排的橄榄树,时而看到龙舌兰张牙舞爪,时而看到仙人掌挺拔直立。还有呢,老实憨厚的骆驼、土里土气的驴子、英姿飒爽的马儿,这里那里,伫立着、飞奔着。

路易莎说:"记得我第一次来突尼斯时,正是春光无限好的明媚三月。成群的火烈鸟聚集在水域旁,艳丽的大红、浪漫的粉红、闪亮的漆黑,汇成一道道流动的色彩,实在美得难以形容!也就是那一次,我发现自己深深地爱上了突尼斯!"

路易莎出生于奥地利的音乐之都萨尔茨堡,喜欢大自然雄奇豪迈的风光,热爱高山滑雪、原野骑马等户外运动。十多年前,当她骑马奔驰于萨尔茨堡的大原野时,那匹马不知怎的,突然发了狂性,把她从马鞍上重重地摔了下来。这一摔,几乎要了她的命。她昏迷不醒,在医院里疗养了很长一段时间。康复出院后,她到突尼斯来度假,没有想到,这一趟旅行,居然改写了她的生命史。

"我来到吉尔巴岛后,看到那辽阔无垠的土地,看到那浩瀚无边的海洋,不知怎的,心里居然生出了一种感动,好像已在这儿生活了很长很长一段时间,土地、海洋、我,彼此相属。那一年，我五十岁，我的人生已经走了三分之二，剩下的三分之一，我要顺遂自己的心意来过。就这样，我结束了在奥地利的一切，移居到突尼斯的吉尔巴岛。"

路易莎在吉尔巴岛买了十五匹马，建了马厩，饲养它们，以每小时八第纳尔（约合八美元）的价格出租给游客，让游客享受在地中海畔骑马驰骋的乐趣。

她最初来此时，处处碰壁。可是，她天不怕、地不怕，别人的诸种为难，她都看成对自我的一种挑战。就以建马厩来说吧，这么一项再简单不过的小工程，当地人居然开出一笔令她咋舌的建造费。她一气之下，买齐了各种材料，自行设计、自行建造，前后花了两个月，便竣工了。

接着，带给她大麻烦的，是工人。

"最初请来的那几个，懒惰、固执、散漫、不负责任。后来，终于请到一个较勤快的，正额手称庆时，却发现马鞍屡屡失踪。追查之下，发现是被他偷去卖了。我说了他几句，第二天，哼，全部的马鞍都被剪断割坏了，丢得满地都是。他呢，逃得无影无踪！"她一边说，一边笑，好似说的是别人的事，"你知道吗？我在短短的几个星期里，便把阿拉伯语里的粗言秽语全都学会了，有需要派上用场时，便朗朗上口，连道地的突尼斯人都自叹弗如呢！"

如此拼搏，不累吗？

"累？"她转头，看着高速驾驶的汽车窗外不断向后倒退

来者，必去

淡化的景物，说，"你相信吗？我曾有连续不断二十八小时驾车赶路的纪录。我总认为，人的肉体是受制于精神的，只要精神支撑得住，肉体是绝对不会崩溃的！"

聊着聊着，到了。

那天的天气很好，天和海，都自得其乐地蓝着，蓝得很明亮、很干净、很闲适。

十五间马厩，在沙地上排成一条直线。每间马厩都挂着一个牌子，上面整齐地写着每一匹马儿的名字：艾伯、丽莎、玛宝儿、祖戈尔、坦珊尼、安哥拉等。

此刻，马儿都不在马厩里，有些被游客租去了，有些则被拴在外面进行"日光浴"。

一下车，一条狗便亲热地朝路易莎扑了过来，好似有一个世纪不曾见到她了。她用鼻子与狗的鼻尖相互摩擦，人与狗，脸上都荡漾着笑意。接着，她以碎步朝马儿跑去，狗快乐地追随。她穿着奶油色连身衣裤的身影，矫健敏捷、活力四射！谁会、谁能想象，她已年过六旬？

"问候"过她的马儿后，她对我们说道：

"你们随意逛逛看看吧，我得带玛宝儿去海边跑跑了。它已经两天不曾外出了，正闹别扭呢！"

说着，她翻身上马，奔驰而去。在强劲的海风里，她那银白色的短发，自信而又自得地飞扬着、飞扬着……

母与女

"猜猜看,我妈多大了?"

在坡卡拉的中餐馆里,邻座那名来自智利的漂亮女子意兴勃勃地问我。

我在柔和的灯光下端详那妇人,除了眼角和额上些许淡淡的皱纹,母女俩的五官和轮廓如出一辙,惊人地相似。从外貌上推断,至多半百。听了这话,两人一齐爆出得意而又快活的笑声。

"六十一,她足足六十一岁啦!"

实在难以置信,这个年过六旬的妇人,昨晚还穿着一袭时髦的蜡染衣裙,在乐声喧天的舞台上,和尼泊尔土著一起,收放自如地大跳其舞,眼神、手足、腰臀,全是活泼的音符。

来者，必去

今晚，已是我在坡卡拉与她们不期而遇的"三见欢"了。

第一次见到她们，母女俩正风尘仆仆地背着沉重的行囊，穿街走巷地寻找旅舍。妇人昂首挺胸的神气劲儿，仿佛要向世人证明，背包旅行并不是年轻人的"专利权"。当时，接触到我赞赏的目光，妇人友善地颔首微笑。

第二次相遇，是在坡卡拉的一家露天餐馆。土著在台上载歌载舞，她在台下击节哼唱，圆大的眸子，盛满笑意。后来，土著邀请台下的宾客上台同乐，她毫不犹豫地跳上台去，舞得浑然忘我。

现在，三度相遇，我们好似多年老友般，热切地攀谈起来。

母女俩计划以长达一年的时间，遨游亚洲诸国。

"以前，我父亲常偕同母亲旅行，前年父亲因病去世后，母亲再也没有出过门。我看着她一天天萎靡不振地苍老下去，心里真是难过。去年，我决定申请几个月无薪假期，带她出国玩玩，没想到她却极力怂恿我玩足一年。我说，在外久玩，唯一的选择是背包旅行，她频频说'没问题、没问题'呀！结果呢，上路之后，她玩得比我还要起劲、还要疯狂！现在，我们已经在外旅行了九个月，老实说吧，我觉得很疲累了，可是，我妈却口口声声说时间太短了，玩不够！"

暮年丧偶的悲恸，是一座无形的坟墓；然而，这个生命力逐渐枯萎的妇人，却因为女儿的孝心，兴高采烈地重新活了过来。

智圆行方

肆

打破常规的道路指向智慧之宫。

重生的酒窝

三舅退休之前，在怡保一家报社担任总经理。六十岁退休之时，他精神矍铄，身子壮硕如牛。他酷爱户外活动，每天定时外出打羽毛球、打壁球、游泳、跑步，精力旺盛得连小伙子都自叹弗如。

他与我的母亲手足情深，不时到新加坡小住，共叙姐弟情。我去探望他，几里之外，都可以听到他爽朗的笑声。他最喜欢约我那比他年轻了三十岁的弟弟共打羽毛球，几个回合下来，弟弟气喘如牛，他却面不改色，大有"气吞山河"之势。不过，有好几个晚上，大家围在厅里观看电视节目时，他却待在房间里，以药油猛搽背脊。母亲担心他运动过度，伤了身子，劝他稍作收敛，但是，他全然不当一回事，笑嘻嘻地应

来者，必去

道："我呀，可以打老虎呢！"

前年四月，惊闻他被紧急送进了医院。原来，他背脊剧痛难当，进入盥洗室时，不慎跌了一跤，趴地不起。送入医院，X光照片显示，他背部脊椎骨两旁，全都是淤积多时的毒脓。于是，便又以救护车紧急送往吉隆坡医院，开刀治疗，性命虽保，却就此瘫痪。

明明是个生龙活虎的人，怎么转瞬之间便寸步难行了呢？莫说当事人，就连我们，都觉得这是个难以承受的巨大打击。

医院，成了他暂时寄居的家。

我偕同家人到吉隆坡医院探望他的那一天，忐忑不安，对于一颗支离破碎的心，我该用什么语言去缀补呢？

一踏进病房，便吓了一大跳。留院才半年，他便已苍老得难以辨认。原本旋转在丰腴脸颊上的那两个肥圆而饱满的大酒窝，变成了两个凹陷的小黑洞；皱纹呢，"落井下石"地爬满了脸。看到我们，意外的惊喜使他黯淡的眸子像骤然添了炭块的火炉一样，倏地发亮。

全然出乎意料，在我们逗留于病房的那一个多小时里，三舅没有片言只语谈及他的病，更不哀诉他心境的黯淡或是生活的痛苦；相反，他像没事人一样与我们闲话家常，语气平静而又平和。只是临别时，他突然说道："过去，我没理会身体对我发出的警告，才铸成了今日弥补不了的大遗憾。从今以后，我再也不能与你们一起打球了，真可惜呀！"飘在空气里的语

172

音,有些许颤抖。大家鱼贯走出病房后,我转身关门,无意中瞥见他紧紧地咬着下唇,脸上蜿蜒地爬着两道晶亮的泪痕。啊,心境被恐怖的病魔啃噬得窟窿处处的三舅,得持着多大的勇气和耐力,才能不在他人面前流露出任何被生活挫败了的悲伤啊!但是,正是这份勇气和耐力,使他支撑着自己,努力站起来。

在医院待了一段时间后,在他的坚持下,家人将他接回家。

往昔,拥有健康的体魄时,他活得充实而快乐,生活的格子,每一寸都被他填得满满的,只嫌一天二十四小时不够用;现在,回到这幢居住了不知多少年而笑声处处的屋子,他却觉得惊悚不安。啊,一切的一切,是那么熟悉,可是,一切的一切,又是那么陌生。过去,在屋子里铺设大理石,主要是喜欢双脚踏在上面那种凉透心肺的感觉,喜欢那种双足触地滑腻似绸的感觉;可是,现在,一双脚不但彻底失去了知觉,甚至,连基本走动的能力也失去了!他原是饕餮,喜欢烹饪而又精于烹饪,过去,厨房是他炫耀能力的天堂;现在,坐在轮椅上,看到那摆设得整整齐齐但却蒙上薄薄尘垢的炊具,心中那股悲酸已极的感觉,便像气压锅里那一大蓬惨白的烟气一样,闷着、憋着,没个去处。他将轮椅转到冰箱前面,手势迟缓地拉开冰箱的门,砭骨寒气扑面而来,冰箱里残存的一点儿食物,早已变得干干黑黑的,怏怏地黏在碗里,半点儿生命力也没有。他呆呆地看着、看着,若有所悟。就在这一刻,他决定了,他不要以眼泪去灌浇那棵被病魔蛀得千疮百孔的生命之

来者，必去

树，他要逆其道而行，重获生命。

　　在接下来的日子里，他拼着残存的老命，使出了反抗命运之神的蛮劲。他坚决不让酒窝消失于干瘪枯瘦的面颊，他要它们像过去一样活泼地旋转。为了让它们旋转得更好看、更潇洒，他努力加餐，让脸和心"步伐齐一"地恢复过去的丰满。这样的努力，表面看似简单，实际上，内心深处那种惊涛骇浪似的挣扎与奋战、那种只许向前看不许往后退的坚持与执着，的的确确是需要极端强韧的意志力才能办到的。

　　决不言休地努力了一阵子后，终于，在他寄来的照片里，我们又看到了他重生的酒窝：大大的、圆圆的，而且，逐渐饱满。他坐在轮椅上，看书报、养盆栽、听音乐，开始他第二段截然不同的人生。有一回，在信里，他居然欢天喜地地写道："我又开始当家庭主厨了呢，坐在轮椅上炒菜，还真舒服呢！炒出来的菜，与过去相较，一点儿也不逊色，色香味俱全呢！你们什么时候来尝尝？"由于患有严重的糖尿病，三舅腿上的伤口一直溃烂难愈，医院无形中成了他的第二个家，进进出出、出出进进。他不抱怨、不投诉，一味地忍。只要病情稍好，他就回家去，他脸上的酒窝便会不断地旋动。

　　一年半之后，三舅平静地去世，脸上的酒窝，永远酣眠了。酒窝里，盛满了"无愧于生命"的恬然。

　　三舅是个真正懂得尊重生命的人。

　　他是个勇士。

白色谎言

到医院去探访喜获麟儿的姻亲，碰巧她公司里的老杂役也来看她，捎来了一大包苹果。姻亲双目含笑，喜滋滋地说："我最爱苹果啦，医生常说'每天一苹果，病魔门外过'，谢谢你！"老杂役十分高兴，深深浅浅的皱纹都浸在笑意里。

老杂役走了以后，一贯善解人意的姻亲转头对我说道：

"哎，我一咬苹果，牙齿便发酸。拜托你，带回去吃，好吗？"

姻亲以良善的旨意包裹了一个白色的谎言，给了别人面子，也聪明地保住了双方可贵的情谊。

由此，我联想起自己曾经干过的一桩蠢事。

那年，在新年的欢庆气氛里，我受父母之托，带了厚礼和

来者，必去

红包，到马来西亚拜访一位年事已高而经济拮据的远房亲戚。小坐一阵子，起身告辞时，她忽然颤巍巍地从柜子里取出了一本集邮册子，郑重其事地送给我。从邮票的年份断定，她已珍藏多年。很显然，她想用这种方式"以德报德"。君子不夺人所好，我正色地说："我不集邮。这东西，对我没用！"她没有坚持，可是，脸上的笑意却冻结了。事后得知，她没有坚持是因为她以为我嫌礼薄。我想解释，却没有机会，心里十分难过。然而，更使我难受的，是当时她那种自惭形秽的表情。

多年以来，每回想到这件事，便嗒然若丧。

橡皮圈和点金石

甲和乙是众所周知的情侣。

甲像是天上飘浮着的云絮，平和恬淡，与世无争。乙恰恰相反，她像雷、像电，情绪大起大落，脾气随时爆发；往往在隆隆的雷声和乱闪的电光里误伤他人，但她无知无觉，或者，更准确地说，毫不在乎。对于把她宠得近乎放纵的甲，她更是高高在上，颐指气使。披着"爱"这一袭熠熠生辉的金箔衣，他包涵又包容；她呢，为所欲为。

有一天，虚荣幼稚的她，又惯性般地在众人面前抡起语言锐利的大刀，任性地展示自己的跋扈，将他砍得"遍体鳞伤"。

终于，他决定分手，而且，一旦决定，心意便丝毫撼动不得，像百年榕树的根。

她百思不得其解，痛苦得近乎崩溃。明明是百般迁就她而任她随意"蹂躏"的一个人，怎么能说分便分、说离便离、说去便去？明明是紧紧地握在掌心里插翼也难飞的，怎么在顷刻间便从指隙间溜走，消失得无影无踪？

她找人调解，找人"撮合"，通通徒劳无功。他的答复只有一个字，斩钉截铁而又干脆利落的一个字："不。"

对身旁好友，他只简简单单地说："感情像橡皮圈，断了就断了。"

真是警世之言。

橡皮圈，圆圆的，宛若一个无懈可击的完满，似乎有无比的张力、无穷的韧力。懂得爱的真谛者，善于利用橡皮圈的特质，将双方的爱情捆得更紧、绑得更牢固。然而，有些人，肤浅地以为让对方披了爱情的铠甲便可以任其舞刀弄剑，或者，无知地把爱情当作"战利品"而四处炫耀。她忘了，爱是橡皮圈，它的韧度、它的张力都是有限度的。

拉、拉、拉，拉到了极限，"啪"的一声，断了。跌足追叹、捶胸追悔，全都于事无补。

断了的橡皮圈，没有情伤的痛楚，更没有情逝的遗憾，有的仅仅是一种"不堪回首"的疲惫。

姑且听听这一则小故事。

一个穷小子，无意间从一本古书中发现了一个可以令他致富的秘密。他按照指示，来到了那个指定的沙滩，刻意寻找一块"点金石"。据说，这块"点金石"拿在手中时，会有一种温暖的感觉。他拣取了一块又一块的石头，仔细地摸，感受不到书中所言的那种温暖，便向大海扔去。日出日落，每一天都如此。做惯了之后，他便马虎得多了，只随意一摸，便扔向大海。直到有一天，他真的拣到了那块无价之宝，但是，他太习惯于扔石入海的动作了，一甩手，"点金石"也飞向了大海……

那块"点金石"，正是我们身边最亲的人，珍贵无比，却往往又最受忽略。

来者，必去

借千斤顶的人

阿慧约我喝下午茶。

只见她拉长着脸，眉宇间压着一朵乌云，即使是笑，也含着三分苦涩。从她嘴里流出来的声音，像是一群等待检阅的士兵，硬邦邦的。

她的独子阿滨，未婚，任职于银行投资部门，收入丰厚。然而，最近，阿滨不顾她的反对，我行我素地辞职了，原因是他想趁年轻外出旅游，用长达一年的时间，好好地逛逛地球村。

阿慧蹙眉说道："近来，飞机频频出事，不是失踪，便是坠落，你说说，我怎么放心得下呀？再说吧，一个人一整年在外面浪浪荡荡，没个温饱，叫我如何放心呢？还有，一份如此理想的工作，说辞就辞，一年后回来，还能找到同样条件的工作吗？三十几岁的人，原该收心养性，娶妻生子，安定下来，可他却像一匹脱缰的野马，漫无目的地东奔西跑，我这当母亲的，真是一百个不放心啊！"

不放心，不放心，不放心。

看着脸如苦瓜、声若黄连、杯弓蛇影、草木皆兵的她，我忍不住笑道："阿慧呀阿慧，你真是一个借千斤顶的人啊！"

"千斤顶？"她宛若碰上外星人一般，瞪着我，"你这话，什么意思？"

"千斤顶"是由作家J. P. 麦克沃伊（J. P. McEvoy）撰写于20世纪50年代的故事。大意是说，有个人，深夜驾车奔驰于乡间道路上，"砰"的一声，爆胎了。他想换轮胎时，却发现车上没有千斤顶。举目四望，看到附近有灯光，他自言自语地说："我运气不错哦，农舍主人还没有睡，我这就去敲门，向他借千斤顶，他应该会说：'没问题，拿去用吧，记得要归还呀！'"

可是，他向前走了几步之后，灯突然熄灭了。这时，他又忖度："农舍主人已经上床就寝了，如果我吵醒他，他一定大为光火，说不定还要向我索取费用。我这就对他说：'好吧，我愿意给你二角五分（美元）以表达我的谢意与歉意。'他或许会说：'什么？你以为，半夜把我从床上拉起来，只用一个硬币就能打发了？给我一块钱，不然就找别人借！'"

来者，必去

这时，他越想越激动，快到农舍了，嘴里还喋喋不休："罢了，一块钱就一块钱！但你休想我会再多掏一个子儿！我这个倒霉鬼深夜在此爆胎，只不过是借个千斤顶而已，你却百般为难我。不管我给你多少钱，很可能你都不肯借。对，你就是这种人！"怀着这样的心情，他终于走到了农舍前，又急又猛地擂门。屋主从窗户探出头来，喊道："谁呀？什么事？"他没好气地吼道："你跟你的千斤顶去死吧！"

"心有千千结"的阿慧，听后也忍不住笑了起来。

我发现，在日常的生活里，"借千斤顶的人"比比皆是。

不管发生了什么事，大事也好，小事也罢，这类人总会在自己的脑子里衍生出许多无谓的臆测，形成许多"无中生有"的烦恼，苦苦地自我折磨。最可怕的是，这些臆测与烦恼，像胡生乱长的藤蔓，杂乱无章地攀爬在脑子里，把事实的真相全都遮蔽了，也把可能发生的事情全都错误地"负面化"了。天下本无事，庸人自扰之！

我对阿慧说道："阿滨已过而立之年，行事一向负责稳重，你的不放心，是对他的不信任，让他在跨出人生新的步伐前便有了不必要的心理负担，何苦呢？再说，他如今辞职看世界，肯定能帮助内在的自我更好地茁壮成长。旅行回来后，饱经磨炼而心智倍加成熟的他，在寻找新的工作时当易如反掌。你即将有个面貌崭新而更为完美的儿子，还愁个啥呢？"

阿慧不语，隐隐然若有所悟。

拔河比赛

讨价还价，是日常生活里的一门艺术，然而，买卖双方，必须"旗鼓相当，斤两相等"，才能生出趣味来。

卖者闲闲地开出了一个价格，买者必须根据实际情况迅速做出反应：或者，夸张地以惊天动地的声音喊道："哇，贵得离谱！"或者，冷冷地以事不关己的语调应道："这货，哪值这价！"或者，正经八百地说："这么贵，我带的钱不够呢！"或者，轻蔑地以不屑一顾的语调说道："嘿，隔壁那家，一样的货，便宜了四分之一呢！"说完以后，化身为猎犬，紧紧地盯着对方的眼睛，竖起双耳听他回答。

耐心的卖主，会不动声色地与你周旋到底，消磨你的时间，考验你的耐性；怕输的卖方呢，会让他的价格好似滑雪一

来者，必去

样下降，他被逼得全无退路，非得立刻与你成交不可；暴躁的店主，会以旱雷般的声音驳斥你，让你找不到可下的台阶；狡猾的摊主呢，则把美丽的诺言做成可口的诱饵，让你心甘情愿地上钩。

货品，好比是绳子，而买卖双方便是参加拔河比赛者，拉拉扯扯，进进退退，这儿减一分钱，那儿加一分钱，没到最后一分钟，谁都不可能知道鹿死谁手。

倘若成交，宾主尽欢。

万一谈不拢，双方都可使出最后的撒手锏：卖者可以装出一脸倔强的神色而把东西放回原位，口里说"一分钱都不能再减啦！"心中却在想"一点点，只要你再加一点点，我立刻卖出！"买方呢，义无反顾地踏出店门外，嘴里说"实在太贵了，买不起！"心中却说"一点点，只要你再减一点点，我绝对回头"。

在这种"各怀鬼胎"的情况下，卖者偷眼瞅你而你也斜眼睃他，谁的定力够，谁便可以高唱"凯旋之歌"了！

人生最美的颜色

在一个宴会上，坐在我右边的老太太语调轻快地打电话："一切都安排好了吗？记得提醒旅行社，给我安排一个轮椅啊！"挂断电话，她转过头来，笑着对我说："下个月去韩国旅行。"说这话时，这个年过90岁的老太太，眸子里是万里无云的清亮，像是波澜不惊地看着已经过去的和还得继续过下去的日子。

她说自己骨子里滋生着"旅行的菌"，如果长时间不出远门，便会坐立不安。"就算坐轮椅，我还是要马不停蹄地看看这世界！"她精神抖擞地说。

席间，有人调侃："你呀，是花钱专业户呢！"她笑着应道："钱是带不走的东西，不花又怎么能体现它的价值？人生

来者，必去

最惨的事，莫过于人在天堂、钱在银行、儿女在公堂啊！"顿了顿，又正色道："如果我走后留下一大笔钱，儿女们会被白花花的银子宠得一无是处。现在，我出门旅行，家中大大小小的成员热热闹闹一起玩，开销全由我负责，钱花得多痛快啊！"这时，有人在耳边悄悄跟我说："这老太太其实常常以匿名的方式，把钱大笔大笔地捐给教育机构。"

坐在我左边的老太太，穿着优雅的套装，蓬松的头发染成了俏皮的褐色。她对我说："猜猜我多大年纪了？"我看看她的模样儿，问道："有70岁了吗？"她一听便高兴地笑了起来："嘿嘿，我82岁了。"哎哟，我失态地叫了一声，左看右看，她都不像八旬老妪啊！

问她是如何保养的，她幽默地说："快乐啊，快乐就是我的美容剂！"她是教徒，每回教堂为孤儿院或老人院筹款，她都会参加。"我煮的咖喱鸡、罗汉斋、酱卤肉啊，大家都叫好呢！每回都煮上百人的量，筹得不少款项呢！做善事，心里高兴，才能越活越带劲儿。"顿了顿，她又说，"孩子老劝我歇歇，我说，等我长眠了，不就永远歇着了吗？"

坐在我斜对面的老太太最"年轻"，刚过70岁，与儿孙同住，三代人相处愉快。别人探问秘诀，她云淡风轻地说："不该管的事，什么都不管。孩子都是中年人了，还管个啥呢？孙子那一代是好是坏，有他父母管着，根本不用我操心。"

这三个"暮年一族"，把生活过得像哲学，快乐又潇洒。

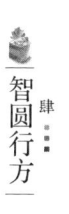

快乐，是因为她们深谙暮年的"三不"要诀：不省钱、不等梦、不管事。潇洒，是因为她们顺应"双放"心态：放手、放心。有了这种"收放自如"的睿智心态，她们才能在人生的秋天，让挂在树梢的叶子闪出耀眼的金黄。

来者，必去

怀里的扑满

1961年，新加坡河水山发生大火灾，嚣张至极的火势，几乎把灰黑的天空给吞噬了。

朋友那年七岁，随同家人仓皇出逃。他是家中长子，母亲把一个装满积蓄的大扑满交给他，嘱咐他好好保管。他紧紧抱着那个扑满，犹如抱着一只金铸的小猪，慌慌张张地随着如水的人潮跌跌撞撞地走。走着、走着，突然有一个陌生的汉子趋近了他，善意地提醒他："这么大个扑满抱着满街走，太危险了，财不可露眼哪！"说着，取出了一块被单，叫他把那个巨型的扑满好好地包起来。他满心感激，蹲在地上，笨手笨脚地包。那个汉子热心地说："来，让我帮你吧！"快手快脚地代他包好了，还给他，还慎重地嘱咐他说："小心啊，别弄丢了！"

他抱着扑满，宛若抱着人世间的一团温暖，赶到母亲指定的地方，坐在包得严严实实的扑满上面，安心地等。少顷，母亲提着大包小包的细软赶到了，一见到他，便问："扑满呢？"他得意地站了起来，指了指坐着的那个包裹。母亲快速地打开来看：包裹里面，是一个装满废物的箱子；扑满呢，早已化成一缕空气，消失得无影无踪了！

对于当时家境贫困的他们来说，这是一笔不小的积蓄，现在莫名其妙地被陌生人骗走了，当然是个不小的打击。然而，母亲并没有严词苛责，更没有施以体罚，只是默默地叹气，自认倒霉。

这件事，是他人生的一个很大的转折点。

母亲的宽容，给了他潜移默化的影响，使他形成了日后包容他人错误的如海胸襟，然而，陌生人的奸诈狡猾却也让他在心中装置了一个永久性的警钟。以后，在长长的一生里，"谅解"和"警觉"，便成了他待人处世的座右铭。凭着坚定不移的原则，他宽恕那些无意犯错而诚心改过的人，然而，对于那些心存歹念的人，他却毫不手软地给予迎头痛击。

在人生的道路上，任何人都会在不同的时期碰上一条或多条阴阴地觊觎着你的毒蛇。这些无恶不作的毒蛇，往往会趁人不备，以含有毒液的利齿，咬人、伤人、害人。

有些人被咬了之后，受伤之余，变得狂怒，把蛇毒吸入体内，化为己用，在以后的日子里，不分青红皂白地咬噬无辜。

来者，必去

有些人中招之后，杯弓蛇影，从此戴着有色眼镜看人，成了"怀疑主义"者，不计其数的"杨修再世"就这样不明不白地在他手上惨惨地栽跟头。

然而，也有些人，在被咬之后，痛定思痛，发展出应对危机与困难的智慧。他们掌握了避蛇的方式，学会了打蛇的方法。他们不怕蛇，最重要的是，他们自己永远也不会变成含毒噬人的蛇。

生活，总会通过各种各样的方式给予我们教诲。智者善于把生活的疙瘩转化成智慧的钻石，惠人利己；愚者却会把疙瘩变化为体内传染性的细菌，害人害己。

人瑞

实在难以相信,眼前这名老妪,竟是年过百岁的人瑞!

且听听以下我与她之间的对话。

我问:"阿婆,您身体好吗?"她答:"不哮喘,不咳嗽,我已经很多年没有吃过药了。"我问:"您晚上睡得着吗?"她说:"天黑就睡,天亮就起,躺着不睡没意思。"我问:"您现在还干活吗?"她答:"干农活呀,我上山砍柴、割猪草、收玉米。这些农活,都已干了一辈子啦!"我看着她的三寸金莲,说:"裹了脚,干农活,不是很吃力吗?"她气定神闲地应:"我两岁扎脚,已用这双小脚走了一百年,不恼火。"我问:"您胃口好吗?"她答:"好,怎么不好!稀饭我是不吃的,每顿得吃两大碗米饭,早上一起身,便吃米

来者，必去

饭！"我问："谁给您做饭呢？"她中气十足地答："我自己呀！"我又问："您丈夫还健在吗？"她说："我13岁结婚，20多岁时，丈夫被拉去当壮丁，一去不返，我守寡至今。"我问："您还有其他亲人吗？"她答："我有一个儿子，今年76岁啦！我有孙儿孙女、曾孙和玄孙，总共31人，五世同堂呢！"我问："听说这村子很多老人会爬树，您会吗？"她笑："爬树？不行！只有男人才可以爬树。我是女的，如果去爬树，别人会打我的。"我问："如果您的儿孙顽皮，您会鞭打他们吗？"她答："当然会。如果他们兄弟打架，我就会打他们。"

这时，有人打趣地问她："阿婆，您活了102岁，有没有坐过飞机呢？"她一丝不苟地答："我没坐过飞机，也没有看过飞机。"她一个四十余岁的孙儿立刻打岔说道："您怎么说没有看过飞机呢？上次我不是带您坐过一回吗？"她一板一眼地应："那是假的，飞不起来的那种小玩具。做人要老实，没坐过便得说没坐过。"她的孙儿忍不住纵声大笑，说："哎呀，她的记性真了不得，骗不了她啊！上回，我的确是带她到游乐场去坐假飞机啦！"

大家都笑开了，她也眯着眼，笑得十分开心，整个模样，可爱极了！

这名人瑞高罗氏，住在成都青城山镇五里村。

这个村落，是有名的"长寿村"，人口1400人，90岁以上的居民便有30余个。

居民长寿的原因是这儿空气异常新鲜，有高含量的负离子。居民饮用的又是全无污染的高山泉水，再加上遗传基因和长年不辍的劳动，老人虽老弥健。

就以高罗氏为例，年过百岁，脸色依然红润，眼神依旧灵活，记性出奇地好。与她攀谈，发现她思路清晰、口齿伶俐，而且，还挺幽默呢！

当地政府尊重人瑞，给予特别照顾，每个月发两百元生活津贴。照理说，这两百元津贴可以让人瑞在农村舒舒服服地过日子了，为什么她还天天忙个没完没了呢？

因为她喜欢劳动。

据说她干活时，精神抖擞，动作麻利，把割下的玉米放在麻包袋里，扛在肩上，健步如飞。有时，袋子掉落，玉米散落一地，她蹲下来，三两下，便把玉米给拾掇好了。这等敏捷，令人叹服。

工作不为稻粱谋，老人跟随心的感觉去过活，因此，越活越长寿，越长寿便越快活。

生活的负担，是许多老人心上的巨石。被这巨石压着的老人，纵是长寿，也活得不惬意。

来者，必去

陀螺与风车

那天，听一个初识的朋友谈他的心路历程。

他曾身居高位而日理万机，有一天心血来潮，要求孩子为他预写一则"祭文"，因为在新加坡中文水平江河日下的情况下，他担心孩子在他百年之后写出错别字连篇的祭文，贻笑大方。他说："写好收着，才能安心瞑目呀！"

万万想不到，孩子的"祭文"才写了几句，他便喊停了。他心重如铅地说道："真的读不下去啊！"

"祭文"是这样写的：

我的父亲去世了，可是，我对他了解不多，因为他生前把所有的精力都奉献给了工作，很少有时间和我相处……

句句属实，但字字宛如芒刺、犹如刀尖，直捣心窝。

他痛定思痛，决定转换人生跑道。

没了权力，少了收入，但是，他赢得了完整的感情世界。如今，父子俩谈笑风生，宛若知己。跳出了原来的桎梏，回首前尘，才发现过去叠床架屋的烦琐行政和惊涛骇浪的人事倾轧，其实都是对精神世界一种无形的折磨。

孩子的"祭文"，让他在人生道路上做了一个美丽的"U"形转。

"U"形转之后，他才赫然发现，眼前的风景居然绮丽无比。

我曾读过一则韵味无穷的短文，大意是说，一个年轻人在赶去会晤老禅师的路上，看见一头牛被绳索拴在树上，周遭是一览无余的丰饶草原，牛儿想去吃草，可是，转来转去，却怎么也无法挣脱那道绳索。年轻人见到老禅师后，劈头便问："什么是团团转？"老禅师云淡风轻地说："皆因绳未断。"老禅师一语中的，年轻人瞠目结舌。老禅师微笑着说："你问的是事，我答的是理。你要谈的是牛被绳缚而脱身不得的事，我想讲的却是心被俗务纠缠而不得超脱的理，一理通百事啊……"

在上述短文里，有个发人深省的道理：因为一根绳子，风筝失去了天空；因为一根绳子，牛儿失去了草原；因为一根绳子，骏马失去了驰骋。

那么，在俗世里，绳子指的是什么？金钱？权力？欲望？

来者，必去

是，全都是。

众人为了它们，东西南北、上下左右，团团打转。天空辽阔，他们却没有翱翔的自由；大地无垠，他们却没有遨游的时间。因为一根绳子，他们典当了亲情；因为一根绳子，他们押上了整个人生。

然而，尘世中还有一种情况，比这更不堪。身怀理想的人，为稻粱谋而被一个犹如粗绳的庞大机构紧紧地拴着，没完没了的行政杂务排山倒海，毫无用处的冗长会议天天重复。人就像一只陀螺，在原地团团转，却又不晓得是为了什么而转，转啊转的，转得身心俱疲。美丽的理想在大小绳索的重重捆绑之下，尚未好好发展，便已夭折。为了工作，他们典当了亲情，他们押上了自己的人生，最终却是竹篮打水——一无所得。

高瞻远瞩的主管，是不会让下属当陀螺的，他会鼓励下属变成风车。风车和陀螺一样，也在不停地转，但是，风车在转动的当儿，也淋漓尽致地发挥了强大的作用。在荷兰，风车除了用来排水，还有榨油、锯木、灌溉、研磨农作物等用途。人，不也一样吗？如果人生方向明确而又碰上能够让自己发光发亮的主管，纵然是被"捆绑"于一个机构，人生的意义依然可以很好地彰显。

千里马需要的是伯乐，遗憾的是，大部分主管想要的却是陀螺。

雷响之后

阿雄被证实罹患第四期前列腺癌,大家都担心阿苑承受不了这个响在晴天的巨大雷声。

阿雄和阿苑,是朋友圈中公认的理想配偶。

他们诞生于马来西亚南部城镇芙蓉,青梅竹马。高中毕业后,他们一起负笈澳洲。学成归来,他们在新加坡落地生根。

每逢别人问起他们有几个孩子,阿雄总竖起三根手指,说:"我有两个儿子、一个女儿。"当他说这话时,阿苑总是小鸟依人般靠在他肩膀上,眯着眼笑,整张脸,像是一枚蜜饯。实际上,他们只有两个儿子,阿雄口中的"女儿",指的是阿苑。他的的确确是把阿苑当成"掌上明珠"一样百般宠爱的。

来者，必去

工余之暇，他们如影随形。她去购物，他耐心陪她，替她拎东西；她爱听歌剧，他总是买位置最好的票子，陪她欣赏。婚前如此，婚后依然；年轻时如此，中年依然。不管在什么情况下，他都表现一致，是大家公认的好男人。

阿苑和娘家的关系很好，阿雄隔三岔五便驾车带阿苑回芙蓉省亲。每次回去，阿雄总是把各类养身补品和名贵食材、各种厨房炊具和电器等，大包小包地往芙蓉搬；更不时把阿苑娘家的人接到新加坡来小住，招呼得十分周到。有一回，他的岳母罹患重症，阿雄坚持把她接到新加坡接受治疗，嘘寒问暖，无微不至。痊愈出院后，他岳母说想去台湾旅行，他便请了假，和妻子陪着岳母，足足玩了一个星期。大家都说，能够爱屋及乌的男人，是真正的好男人呀！

阿苑的母亲一提起阿雄，便笑得合不拢嘴，竖起大拇指，频频说道："阿苑嫁得好，嫁得好呀！"

"嫁得好"的阿苑，其实也很努力地在经营她的婚姻。

阿雄不喜欢在外头吃饭，阿苑便苦练厨艺，天天确保阿雄一踏进家门，便能在氤氲的炊烟里吃上热饭热菜，而且，一个月内绝对不重复菜肴。阿雄不时在家里宴请同事和亲友，阿苑一个人顶得上千军万马，花团锦簇的菜肴勾魂摄魄，让身为男主人的阿雄感觉威风八面。

阿雄病发后，两个移居国外的儿子无法回来照顾，阿苑变成一根擎天柱，表现出惊人的坚忍。她不休不眠地守在病榻旁，不管阿雄什么时候睁开眼，她都在身边。

阿雄病故那天，大家都以为她会崩溃，没有想到，她表现得比谁都坚强，在办丧事时，她始终未曾掉过一滴泪。

丧事过后，她神情淡定地对亲朋好友说道："我和阿雄8岁认识，共度60年好时光。他生病后，我四处打听，为他寻找最好的医疗方式，中医西医都试过了，但还是药石罔效。我想，这就是天意了。天意既不可违，我便倾尽全力照顾他，让他最后的日子过得舒服一点儿。能做的、该做的，全都做了，老实说，我心里一点儿遗憾也没有。"

顿了顿，她又说："他离去后，我一直努力地回想他的种种缺点，设法让他在我的记忆里淡化。"可阿雄在我们眼里，是个"完人"呀！听到我们这样说，阿苑露出一个淡淡的微笑，应道："世上哪有完人呢？又哪有一桩婚姻是十全十美的？瑕疵，我没说出口，不等于不存在啊！" 少顷，又说："也幸好有这些不完美，我才能度过这一段艰难的日子呀！"

外表柔软如水而内心坚强如钢的阿苑，总能以积极的想法帮助自己爬出黑暗的山洞。

阿雄可以瞑目了。

来者，必去

绳子与翅膀

知道我要到日本旅行，朋友嘱咐我，到了东京，一定得见见他的老朋友下田知加子。朋友说："她是个很有意思的人啊，活得潇洒自在。"

来到了东京，正是春寒料峭时。傍晚，我坐在新宿区的一家餐馆内，静静地等。

下田知加子一走进来，我立刻便认出了她：短发，薄薄的发尾画龙点睛地染了一点儿彩霞的色泽，看起来比60岁的实龄年轻许多。她就像一股风一样，飞快地卷到我面前来，轻盈的步履将周遭沉寂的空气全都搅活了。

眼前的下田知加子，和传统的那些低首敛眉、说起话来细声细气的日本女子实在有云泥之别呀！

下田知加子早在年轻的时候，便很努力地摆脱日本传统社会加诸女性身上的桎梏了。她以流畅的英语说道："当年而至现在，许多日本女子走的，都是同样一条路——结婚、生育，然后，放弃自己辛辛苦苦考获的文凭，放弃自己原本干得不错的职业，相夫教子，终其一生，都得仰丈夫的鼻息过活。我告诉自己，我不要这样的人生。所以，我放弃了升读大学的机会，远赴伦敦，修读英文。为了这事，我和父母闹得不可开交，几乎断绝关系呢！"

难以接受她这种"异于常态，脱离常轨"的做法，父母不肯支付她到英国读书的费用。她自行筹钱，买了机票，飞赴伦敦。手头不宽裕，又清清楚楚地知道学习英文最有效的方式是直接浸濡于现实生活，原本在家里"饭来张口，衣来伸手"的下田知加子，咬紧牙关，毅然到一户英国家庭里去当保姆，寄居在那儿，强逼自己除了英语之外，啥话也不说。

"那户人家有个12岁的孩子，我就把他当成我的小老师，不断与他磨唇皮儿。我的词汇库，就是这样慢慢地累积起来的。"

聊及学习的趣事，她笑着忆述道："对于日本人来说，要发出bird这个音，是十分困难的。bird到了我嘴里，总变成了ber。为了准确地发出这个词音，我不知遭了小主人多少讥笑。但是，你们华人不是常说'有志者事竟成'吗？我就发了狠劲死死地学，连做梦也梦到满院子鸟儿飞来飞去，我就一个人对着满天飞鸟叫道'ber、ber、ber'。有一天,我和小主人在花园里散步,我看到树梢上伫立着一只鸟,便对他说:'瞧,bird!'小主人当即竖起拇指,高兴地称赞我:'你说对了!'这时,我欢喜地知道,我又跨过了一个语言的坎!"

一年过后,靠着这种不怕别人耻笑的厚脸皮哲学,靠着这种破釜沉舟的苦学精神,她终于说得一口如水般流畅的英语。之后,她正式报名英文学校,勤苦修读英文。

回返日本之后,英文便成了她的贴身武器。她以英语授课、当通译员。婚后,便改而在家里翻译文稿、教补习,日子过得充实而自在。

孩子成长、成家,慢慢地,她升任祖母。出人意料的是,她并没有居家安享含饴弄孙之乐,而是去考取旅游执照,转换人生跑道。目前,她已成了大受欢迎的导游,在日本各大城市兜转,自豪地以英语把日本美丽的面貌介绍给来自世界各地的游客。

一直以来,社会上许多历年不变的传统和约定俗成的做法,就像是一条条坚韧而牢固的绳子,把女性捆绑得死死的。可是,下田知加子不甘、不肯、不愿被绑,她为自己加插翅膀,因此,活出了很不一样的人生。

更确切地说,她活出了自己的价值。

巨虾

清晨九点，在东京一家餐馆的展示柜旁，我的两个孩子对着那一碗日式炸虾汤面啧啧称奇。

让他们惊叹的，是风情万种地躺在汤面上的那只虾——特长、特肥大、特丰满。长长的虾尾，由大碗的一端意气风发地伸展出去，很有几分自炫的味儿。

我一看，便嗤之以鼻：

"只不过是一只塑料虾而已，居然哄得你们眉开眼笑！"

长子反驳：

"一碗面，只有区区一只虾，标价1500日元（约合人民币100元），如果不是用这种巨无霸虾，怎么会这么贵？"

我叹气：

来者，必去

"难道你不晓得什么是商业手腕吗？这么大、这么长、这么肥的虾，世间哪儿去寻？"

长子振振有词："您没见过，并不意味着不存在！"

我笑他未见过世面，他说我固执如牛。很遗憾，当时，时间过早，餐馆尚未开门营业，我未能以实际行动来证明他的无知，只能用一句"我吃过的盐比你吃过的米多"之类的老生常谈来鸣金收兵。

后来，在其他的餐馆，看到的塑料展示品，虾的体积都是"中规中矩"的，每碗标价由600日元到800日元不等。长子说："虾小，当然便宜；如果用的是巨型大虾，自然得收双倍的价钱啦！"我重重地叹了一口气，心想：夏虫不可语冰呀！

过了几天，我们到筑地大渔场去逛。海产的种类，多得惊人，许多海鲜见所未见。我们都像是进了大观园的刘姥姥，连声赞叹。

这时，长子忽然驻足，发出了石破天惊的喊叫声：

"妈妈，妈妈，快来看！"

我停下脚步，一看，便瞠目结舌。

虾，矜贵地躺在一个敞开的木箱里，特长、特肥大、特丰满，和那天在东京展示柜里看到的塑料展示品一模一样。

就在这时，长子的话突然闪进了脑际：

"您没见过，并不意味着不存在！"

此刻，站在这罕见的"巨无霸虾"面前，我面红耳赤。

许多时候，吃过的盐比别人吃过的米多，只能证明自己患上肾脏病的风险比别人高、机会比别人多而已！

来者，必去

烂铁与珠宝

一对年过六旬的夫妇，在退休后，因为屋子问题产生歧见而时起勃谿。

妻子想要对破落陈旧的老屋大事装修，丈夫执意不肯。

丈夫意兴阑珊地说：

"我们都已白发苍苍了，大兴土木，耗时费事，最多只能住上区区二十年，何苦呢？"

妻子据理力争：

"正因为只剩下寥寥的一二十年，我才要把屋子弄得漂漂亮亮的，让每一天都过得舒舒服服的！"

他们的对话，让我一下子想起了曾在《读者文摘》上读及的两句话：

"悲观者提醒我们百合属于洋葱科，乐观者则认为洋葱属于百合科。"

当你"自我践踏"地把日子看成破铜烂铁时，你的日子当然也就是锈迹斑斑的；然而，如果你"慎而重之"地把岁月视为金银珠宝，那么，你所拥有的每个日子都是金光灿烂的。

上述那对夫妇，拥有截然不同的人生观。丈夫将晚年看成残余的岁月，得过且过，没有目标、没有憧憬，有的，只是消极地等待，等待那个"永远的约会"悄悄降临。然而，妻子呢，却把黄昏岁月看作人生另一阶段的开始，她要充分地利用、尽情地享受。可以预见的是，她的日子，每一天都是熠熠生辉的。

夕阳无限好，黄昏又何妨！

来者，必去

孝而不顺

那英在一个访谈里聊及好友王菲时，说：

"她是一个孝而不顺的孩子。"

"孝而不顺"，真是可圈可点的形容词啊！

根据中国的传统，所谓的"孝道"，便是孩子对父母"千依百顺地俯首称是"。为人儿女者，为求尽孝，纵然觉得父母的要求不合理、做法不近情理，或是有违自己的意愿，都不敢拂逆。有时，当父母的要求远远超过儿女的能力，或者，父母的做法大大地逾越儿女忍耐的极限，悲剧便难以避免地发生了。

在我过去的执教生涯里，便发生过两起人为的悲剧。

女生阿娟，母亲早逝，她由父亲一手抚养成人。她对读书没有兴趣,独独钟情于女红。两根织衣棒落入她手里,立刻便有了出神入化的生命力。父亲一心要她上大学,然而却忽略了她的资质与兴趣;而她呢,深爱父亲,明明知道自己不行,却为了尽孝而硬撑。当我发现她精神濒于崩溃的边缘时,曾多次约见她父亲,请求他考虑她的精神状况而让她停学。他执意不肯,口口声声说他已准备好了学费让她上大学。在他的观念里,万般皆下品,唯有读书高。终于,在大考前夕,她承受不了巨大的压力,从20层的高楼跃下,以她宝贵的性命来让固执的父亲聆听她心里的声音——她"孝而不顺",不是不愿顺从父亲,而是无能"依顺"啊!

男生阿明,沉默寡言,是老师眼中循规蹈矩的好学生。他母亲爱子心切,时常有事没事到学校来向老师和同学查询他的行为,这使他成了班上同学口中的笑柄。他非常不快乐,但是,传统的孝道好似一道沉重的枷锁——孝顺,孝顺,要尽孝就得依顺。他不敢反对母亲这种让他难堪的做法,但是,内心累积的不快乐,使他成了一座蓄势待发的火山。

那一天,他母亲接到一通女同学打来的电话,便恫言要到学校去查问他的交友情况。他悲愤难抑地喊道:"你去,你去,你一去,我就死给你看!"母亲生气地说:"你敢威胁我?哼,我现在就去!"就在母亲弯腰穿鞋子时,他猛地攀越了高楼的栏杆,瘦瘦的身子,就好像一片薄薄的落叶,从18层楼高的地方轻轻地飘落下去。这名17岁的少年,以他的生命向

来者，必去

母亲发出无言的呐喊——他"孝而不顺"，只因为长期不合情理的"依顺"让他活得太累、太累了啊！

　　孝和顺，是两码不同的事。每个人，都有权利依据自己的个性与能力，活出不同的精彩。父母在要求儿女尽孝的当儿，也应该在合理的范围内顺遂他们的心意，尊重他们的意愿，聆听他们的心声。

言高趣远 伍

人生若是无悔,那该多无趣啊。

漏网之鱼

　　冻得结结实实的湖面上闪着凌厉的寒气,然而,在这看起来死气沉沉的大湖下,却不动声色地聚集着成千上万的鱼儿。

　　一队渔民,在朦胧的夜色里,小心翼翼地走在吉林省的查干湖上,开始了他们的冬捕行动。他们把一张长达2000米的大渔网撒入冰下的世界,利用牲口的拉力去拉动这张网。网在冰下走了八个小时,终于,收网了。

　　鱼,不计其数的鱼、生蹦活跳的鱼、肥美丰腴的鱼,全被那张超大的渔网拉了上来。渔民欢呼雀跃。捕获上来的鱼,有一个耐人寻味的现象:每一尾鱼的重量,几乎都在两千克以上。网中没有任何小鱼,连一尾都没有。

　　当地老渔民透露,这是查干湖渔民口耳相传的严格规定:

来者，必去

冬捕只能使用网眼宽达6英寸（15.24厘米）的渔网。这种网眼稀疏的大网，只能网到五年以上的大鱼，至于那些未成年的小鱼呢，通通会成为"漏网之鱼"。如此一来，世世代代的渔民，就能"渔获不绝"。

观赏《舌尖上的中国》（《自然的馈赠》一集）这部纪录片，上述那个细节，很深地触动了我。

啊，网开一面，只为了生生不息。

很多时候，为了赶尽杀绝而去结一张密不透风的大网，结果呢，捕捉到的，往往是生生不息的仇恨。

对人网开一面，让他重生，不但胜造七级浮屠，也为自己积福纳德。

我们的怕和忧伤

蟒蛇

在西双版纳，有人身缠巨大蟒蛇招徕生意。只要付点儿小钱，便可以怀抱蟒蛇，随意拍照。

蟒蛇长达五六米，重三十余千克，光溜溜、滑腻腻的蛇身上，棕褐色斑纹如飘浮的云絮。游客们全都脸露青光，退避三舍。

我不怕，只觉机会难逢。就近看，它宛若慵懒的肥美人，如豆的蛇目隐隐透着笑意。把它缠在颈上、绕在腰上，它就好似一条长长的丝巾，柔柔软软的，有水的特性，有绵羊的温婉。

事后，向朋友出示照片，朋友骇然惊叹："你勇气可嘉啊！"

哎呀，蟒蛇又无毒，怕啥呢？

我怕的，是假的蟒蛇。披着蟒蛇的华衣蠕蠕而行，看似心无城府，实则毒腺暗藏。

你愚蠢地对它释放善意，它却处心积虑地算计你。在你全无防备时，它露出利齿，出其不意地咬你一口，倾尽全力，残酷、无仁。

那种剧毒攻心的痛楚，几乎要了你的命。

震惊过后，你对人性、对友谊，信心幻灭。

然而，往深处想，人在江湖，却全无防备之心，被噬，怪谁？

枯木逢春

在扬州瘦西湖风景绮丽的湖畔，有棵树，取名"枯木逢春"。

这棵生长于唐代的银杏树，在半个世纪前遭雷劈断，剩下的树干屹立不倒，经过防腐处理，成了老而不朽的活化石。后人为了赋予这树新貌，刻意在它后面栽了一株藤本植物——凌霄。

凌霄快速蹿长，依附老树，攀缘而上，茎极有力，叶极茂盛。纤细的茎与翠绿的叶，一匝一匝地缠住老树。春天来时，凌霄便凭借朵朵娇艳的红花吐放妩媚。

不论远看还是近看，老树都似重获新生了。

更确切地说，是老树的魂借着凌霄的形，复活了。

人们一厢情愿地感动，说这是树与树的"生死相依"。

可我看在眼里，只觉悲凉。

这老少悬殊的一对，明明没有感情，却被人硬生生地撮合在一起；明明没有共同语言，却因命运而紧紧缠绕。

貌合神离，依然得强颜欢笑，那种痛苦，恐怕是另一种形式的"雷击"吧？

来者，必去

弟弟理发的故事

"弟弟理发"这个小故事，是多年以来母亲一再复述的。虽然每回叙述时母亲脸上都带着笑意，然而，语调里的歉疚，却是难以掩饰的。

那一年，么弟阿帆只有三岁，属于刚刚学会讲话却又是"有理说不清"的年龄。

有一天，母亲为他洗澡洗头时，他竟毫无来由地放声大哭。母亲以为自己不慎将肥皂泡沫弄进了他的眼睛，急忙给他双眸冲水、拭干，他倒也止了哭。

次日，母亲见他头发不短了，加上天气炎热，便对他说："宝宝，快去穿鞋，我带你去剪头发。"万万没有料到，弟弟一听到"剪头发"这三个字，立刻号啕大哭。母亲不明所以，但也耐心十足地哄、劝、诱、骗,然而,十八般武艺,没有一样生效。母亲觉得他无理取闹,当耐性被他磨光后,便抡起了藤条。原本只想吓唬吓唬他,可他一见藤条,便条件反射地钻到桌子底下,死赖在那儿。这可真的触怒了母亲,母亲不由分说,一把将他揪出来,在他小腿上一连抽了好几鞭,顿时,凸起的鞭痕像蜿蜒的小蛇,爬上了他的小腿。接着,母亲强行将他扯到理发店。

印度大兄的理发刨子宛如铲泥机一样,在他头上铲出了一片平原。当铲到了离耳朵后方不远的部位时,原本抽抽搭搭地哭着的么弟,突然发出了狼嚎般凄厉的哀叫声。印度大兄急忙停手查看,这才看到了么弟头皮上竟然长了一粒脓疮,现在,已被铲开了一个鲜血淋漓的小伤口。站在一旁的母亲,在电光石火的一瞬间,突然明白了这个乖巧的孩子为什么在洗头时哭闹不休,又为什么执意不肯理发!

现在,么弟已当了专科医生。记忆奇佳的他,对这件事还记得一清二楚,每回提及,便戏谑地"逗弄"一脸赧然的母亲:

"好一桩冤案啊!"

为人父母者,在抡起藤条时,能不慎而又慎吗?

来者，必去

戏外之戏

　　童年时观赏过的那一场花样百出的马戏，化成了记忆里的一卷录像带，在脑子里播放了千百遍，依然不厌倦。

　　这个鲜明的记忆，慢慢地变成了心里一个渴切的呼唤。

　　来到拉脱维亚的首都里加，知道那儿有个永久设立于波罗的海国家的马戏团，每周演出两次。我喜不自抑，赶紧买票，乐不可支地坐在第一排的位子上，等着看老虎跳火圈、大熊走钢丝、猴子扮小丑、大象随乐起舞、狮子在铁笼里和美人周旋……

　　然而，兴奋的等待居然变成了竹篮打水——一场空。

　　里加马戏团的表演已变得不一样，重量级的"主角"，如狮、虎、熊、象等，全都不见踪影，出场的只有马和狗。

六匹马儿绕场跑了几圈之后，听从驯兽师的指示，后腿着地，身子直立，前腿作揖，进进退退、退退进进，同样的动作重复了几次之后，便退到幕后了。

几只狗儿呢，轻轻松松地打了一场篮球赛，便谢幕而去。

接下来，是人叠人、空中飞人等司空见惯的杂技表演，跳不出传统的范畴，玩不出新鲜的花样。

真是索然无味啊！

事后，我才知道，由于动物保护组织的大力反对，马戏团早已取消多种项目的演出。反对者所持的理由是：残酷的训练严重违反了动物的天性。

想想也是，要剽悍的狮子俯首称臣、凶猛的老虎言听计从、张牙舞爪的大熊服服帖帖，驯兽师到底得挥出多少让动物心惊胆战的毒辣鞭子啊！

台上十分钟，台下十年痛啊！

这样一想，便又觉得如今马戏团表演项目的单调、单薄，其实是人道主义精神的彰显、社会文明的具体表现。

返回新加坡后，有幸在网上看了一场精彩绝伦的"戏外之戏"。

一匹全然没有受过训练的斑马，为了捍卫自己的尊严、保护自己的性命，倾尽全力，进行了一场以性命为抵押的、极端漂亮的"演出"！

这则以图片为主的真实报道，篇名是《勇气》。故事发生

来者，必去

在非洲的大丛林，在一条潺潺流动着的小河畔，一群斑马快活地在河边喝水，就在这时，一头凶猛的大狮子偷偷地靠近了，警觉性极高的斑马意识到危险，立刻四散奔逃。然而，令人诧异的是，其中一匹斑马却凛然站在原地，准备应战。猛狮怒吼着飞扑过来，狠狠地咬住斑马的咽喉。在"封喉"策略得逞之后，猛狮接着拼命地把斑马压进河里。临危不乱的斑马拼尽全力反弹起来，狮子失去重心，蓦然松口。逃出狮口的斑马非但不逃窜，反而借机反攻。只见它拼命地把狮子压进水里，在狮子咕嘟咕嘟地被河水灌得晕头转向之际，它乘胜撕咬狮子，把狮子身上的毛一把一把地撕扯下来，接着发狂似的咬住狮子的肚子，还连连飞腿踹它。一鼓作气地踢了十几下之后，斑马敏捷地飞跃上岸，潇洒地奔向远方。

被斑马挫败的狮子，毛掉了一大堆，全身沾满泥巴，灰头土脸地爬上岸，望着斑马远去的方向，由于疲累再加上震惊，竟无法奋起直追。不过，它越想越不甘心，对着光秃秃的树枝，又扯又咬，借以发泄心中的怒气、怨气、窝囊气。

我看得目瞪口呆。

真实的境况，竟比刻意安排的马戏精彩千倍万倍！

强敌当前，不害怕、不退缩，直直迎上前，狠狠给予痛击。只要有信心，谁都可能是那只挫败猛狮的斑马。

狗与羊

在爱尔兰的一个牧场，我观赏了一场精彩绝伦的表演。

草原辽阔，娇艳的绿色潮水般无边无际地漫延到天地的尽头。驯狗师毕黎丹把几十只羊从羊圈里放出来，羊儿闻到嫩草清新的香味儿，便三三两两地伫立在草地上，欢天喜地吃了起来。

这时，毕黎丹领了两只牧羊犬出来，羊儿全都警觉地抬起头来，圆圆的羊眼闪出了惊恐之色。他吹了一声哨子，牧羊犬便朝羊群跑了过去。那一大群羊，没命地朝同一个方向奔逃，逃到远方一个绿草茂密的地方时，毕黎丹喊道："坐！"两只牧羊犬立刻言听计从地坐了下来。我站在毕黎丹身旁，忍不住惊叹："那么远，牧羊犬居然能听到您发出的命令！"毕黎丹

来者，必去

应道："狗的听觉，比人类足足强了七八倍呢！"

等羊儿以自助餐的方式喂饱了肚子，毕黎丹又用不同的节奏吹了几声哨子，两只牧羊犬立马站了起来，一前一后地朝羊群跑去。羊儿吃惊，群起而奔。牧羊犬像两名神气的大将军，一只领前，一只殿后，有条不紊地把这一大群羊赶回来。毕黎丹早就把羊圈的小门打开了，这时，羊儿便快快乐乐而又安安全全地回家了，一只也不少。

毕黎丹娓娓说道：

"对于畜牧人家来说，牧羊犬是无价之宝。羊儿自诞生后的两个月开始，便跟随母羊到平原或高山上吃草，而驱羊上山下山，便是牧羊犬的责任。牧羊犬在经过特殊的训练后，不但听得懂简单的语言，也能服从哨子所传递的命令。"

牧羊犬在四个月大时，便得接受特殊的训练。毕黎丹指出，在狗儿还没有养成任何既定习惯之前进行训练，管理羊群的工作就会自然而然地变成它生活习惯的一部分；如果等它个性形成之后再训练，就宛如在扭曲它的本性，会事倍功半。

"牧羊犬到了一岁半时，随着心智的成熟，我会把训练的层次慢慢提高。然而，不是每只狗都有接受高难度训练的意愿和积极性。"毕黎丹说，"实际上，就和人一样，每一只狗的习性、爱好和天分各有不同。我对此特别有感悟，因为小时候我的父母老是希望把我培养成医生，可我对医学一点儿兴趣也没有，我只对动物感兴趣，为此，我挨了不少的斥骂和责打。

基于我本身所吃过的苦头，一旦发现狗儿没有接受深化训练的意愿，我绝对不会勉强它。"

初级训练包括六大口令的理解与服从，这六大口令是：坐、跑、领前、殿后、左转、右转。深化训练则包括：聆听与分辨变化有致的哨子声，跟随蕴含在哨子声里的命令行事。

毕黎丹说毕，再次把两只牧羊犬领来，将羊儿从羊圈里放出来，为我们再表演一次。

在毕黎丹的口令与口哨声中，牧羊犬变成了不折不扣的傀儡，坐、跑、领前、殿后、左转、右转，没有一点儿误差地履行看羊、赶羊的责任。

毕黎丹解释着说："这种牧羊犬，样子凶狠，像足了狼，可是不具攻击性，不会对羊造成任何伤害。羊呢，天生怕狼，它们误以为在后面追赶它们的，是要扑杀它们的野狼，所以，吓得没命地奔跑……"

这狗，狐假虎威；这羊，草木皆兵。

此刻，像狼的狗正在紧紧地追赶一群怕狼的羊，这群杯弓蛇影的羊呢，使足了劲失魂似的奔逃……

表面上，这是牧场上一场狗与羊的表演；实际上，我深切地感到，我看到的其实是人生职场里日日上演的"剧目"，真实得令人头皮发麻、心惊肉跳。

来者，必去

古井

有一类人，像古井。

表面上看起来，是一圈死水，静静的，不管风来不来，它都不起波澜。路人走过时，都不会多看它一眼。

可是，有一天，你渴了，你站在那儿打水来喝，这才惊异地发现，那口古井，竟是那么深，深不可测；舀上来的水，竟是那么清，清可见底；而那井水的味道，甜美得让你魂儿都出窍了！

才美不外露，已属难能可贵；大智若愚，更是难上加难。

世人都迫不及待地把自己所拥有的抖出来让别人看。肚子里有一分的，他说有两分；有两分的呢，说自己有三分，依此类推。

"有麝自然香",已成了惹人发噱的"天方夜谭";"无麝放假香",才是处世真理。

正因为这样,一旦发现了古井,便好似掘到了金山银山,让人有难以置信的惊喜——以为它平而浅,实则它深又深,上至天文,下至地理,无所不知,知而不言,你舀了又舀,依然舀之不尽。每回舀出来的话语,都闪着智慧的亮光,你从中得到了宝贵的启示,你对人生有了更坚定的信念。

这口古井,不肯,也不会居功。它静静守候,看你变化,看你成长,你若有成就,它乐在其中而不形之于外。

人若古井,可遇而不可求,一旦遇上,是你的造化。

来者,必去

爱情死亡后

爱情死亡以后,人分三种。

愚者多怨。

她把被负、被伤、被弃的憾、恨、怒,化为逢人便说的故事,若有雷同,绝对共鸣。琐琐碎碎、窝窝囊囊,百说不厌、百讲不累,把自己化成了一条又长又臭的缠脚布。人人退避三舍,她却浑然不知,依然在唠唠叨叨地争取早已流产的同情。

仁者不言。

一个巴掌拍不响,恋爱与分手、结婚和离婚,都是两个人之间的事。

爱情的鹊桥断了,双方都有责任。就算对方移情别恋,也只能归咎于缘分灭绝。保持缄默,是自我尊重的方式。

智者不记。

把相恋的狂喜化成披着丧衣的白蝴蝶,让它在记忆里翩飞远去,永不复返。净化心湖,与绝情无关——唯有淡忘,才能在大悲大喜之后炼成牵动人心的平和;唯有遗忘,才能在绚烂已极之后炼出处变不惊的恬然。

来者,必去

爸爸的手指

这是一桩发生在童年的小事。

我的老爸爸也许早已把它忘记了,然而,它在我长长的一生里,却有着举足轻重的影响。

那年,我九岁。

一日,我坐在大厅里的一张桌子旁练习大楷。门铃响了,爸爸应门,是邻居。两个人就站在大门外絮絮交谈。那天,风势很猛,从屋外侵入的风,把我的大楷本子吹得噼啪作响。我一只手提着毛笔,另一只手去按大楷本子,淋漓的墨汁滴滴答答地滴在桌子上,让我十分狼狈。我于是搁下毛笔,跑去关门。然而,当我猛力把门关上时,大门却因为碰到障碍物而骤然反弹回来,与此同时,我惊骇莫名地听到了父亲发出的惨叫声。

此刻，父亲的眉眼鼻唇，全都痛得挤成了一团；连梳得平平顺顺的头发，也痛得一根一根地竖立起来；十根手指呢，则怪异地扭来扭去，像盘根错节的树根。一看到我伸出门外想一探究竟的脸，父亲霎时暴怒地扬起了手，很明显，他想狠狠地、狠狠地掴我耳光。那强劲的掌风，有雷霆万钧之势，然而不知怎的，他的"铁砂掌"还没有汹汹地盖到我脸上来，就被他硬生生地控制了，颓然地放下了。我好像一只受惊的小羔羊，簌簌抖着，虽然死里逃生，却不明白为何惹得好脾气的父亲如此暴怒。

这时，邻居以责备的口吻对我说道：

"你也太不小心了呀！刚才，你父亲的手就放在门缝处，你看也不看，就大力关门……"

啊，原来鲁莽的我，几乎把爸爸的手指夹断！

偷眼瞅父亲，他铁青着脸，频频搓着发红、发肿、发痛的手指，没有看我。

十指连心，父亲那种痛入心扉而又深入骨髓的感觉，我当然知道；但是，当时的我，毕竟只是一名九岁的孩童，我所关心、我所担心的，是父亲究竟会不会再度扬起手来打我。

父亲不曾。

当天晚上，父亲五根手指肿得老大老大的，母亲在厨房里为他涂抹药油。

在厅里做功课的我，无意中听到父亲对母亲说道：

来者，必去

"五指被夹的那种痛，直捣心窝啊！当时，我真想狠狠地捆她一记耳光，但是，转念一想，是我自己把手放在夹缝处的，错误在我，我凭什么打她？"

我惊呆了。

父亲这几句看似云淡风轻的话，却像划空而过的一道光，给了我一个毕生受用的重要启示。

犯了错误，必须自己承担后果。

不可推卸责任，更不可迁怒或嫁祸他人。

麦哲伦的味蕾记忆

这只烤得金黄脆亮的大猪,足足25千克重。也许不知道自己已经被烤熟了,它细眯着的双眼和大大地张着的嘴巴,依然荡漾着饱满的笑意。

把这样兴高采烈的猪肉吃下肚去,胃囊应该很受用吧?

在菲律宾宿务品尝闻名遐迩的烧猪,也同时在嚼食一份悠远的历史。

被誉为"菲律宾南方皇后城市"的宿务,是菲律宾最早开发的城市。1521年,葡萄牙航海家麦哲伦无意间发现了这个宁静美丽的海岛,大喜过望。尽管足履四方的他遍尝美食,可是,当他一尝到这道岛民以土法烧烤的美食时,味蕾却大大地被惊艳了。麦哲伦在宿务仅待了短短的21天,便因为纳税和传

来者，必去

教等问题，和当地一名强悍的酋长拉普拉普开战，在战斗中惨遭杀害。他对烧猪的味蕾记忆，就此烟消云散。

当地人烧烤猪时，有独树一帜的法子。在烧烤之前，他们会在猪肚内塞入十多种产自当地的香料和海盐，用线缝紧，再在猪身上反反复复地涂抹新鲜椰汁。之后，在猪皮上以利器戳出许多细孔，确保猪皮在烧烤后保有香脆的特色。接着，让猪在炽热的炭火中"嗞嗞嗞"地烤上两三个小时，直至猪皮闪出熠熠的亮泽为止。

宿务一名经营餐馆的人告诉我，他每年有好几次亲自为亲朋好友烧烤猪，一只20多千克的猪，足足可以让40人饱腹。他是根据祖传秘方来烧烤猪的，香料的选择秘而不宣。每回烧烤时，从庭院里飘出的香味，就像海啸，足以让人没顶。他烤猪的绝技，也使他的家成了亲朋好友的桃花源。他说，大家热热闹闹地围在烧猪旁，你一块我一块地撕着吃，双手和双唇都是油淋淋的。大家在吞咽美食，也在吞咽亲情和友情。他说，他曾在新加坡尝过烤乳猪，小里小气的，三两下子便吃得精光，一点儿也不过瘾啊！我护短地说："乳猪小，肉才比较嫩呀！"他哼了一声说："能将20多千克的大猪烤出嫩滑的口感，才是真功夫啊！"

我是在宿务远近驰名的连锁餐馆Zubu Chon尝到这别具风味的烧猪的。有趣的是，这家店，居然以"美丽"二字来形容店里的烧猪，而那头无比丰满的烧猪，的确有着一种丰腴的艳丽，品尝时，舌尖上好似盈盈地立着一个猪西施。

烧猪在此是称斤论两地点食的，1千克670比索（约合人民币90元）。烧猪上桌时，皮肉分离。烤成夕阳色泽的猪皮，厚，微脆，完全没有那种金碎玉裂的美妙感；肉呢，纤柔干净，却没有那种细嫩赛雪的绝妙感。

咦，这果真是为安东尼·波登所盛赞的宿务烧猪吗？

我有点儿迷惑。

安东尼·波登是美国赫赫有名的美食作家、主厨和电视节目主持人，走遍世界、吃遍世界。他讴歌美味，鞭笞糟粕，因此有"毒舌大厨"的称谓。当他尝到Zubu Chon的烧猪时，全心折服地惊叹："这真是史上最赞的烧猪啊！"

我不是很喜欢，可是，我的先生却非常欣赏，在宿务旅行期间，他的胃囊常常与它相见甚欢。吃了四五次之后，我居然也吃出了不一样的感觉。色如桃花心木的猪皮，在酥脆中有着极耐咀嚼的韧性，多汁无渣的猪肉蕴含着清淡的甘甜，有着一种坚定持久的香气。

啊，原来食物和人一样，也许不能一见钟情，却能够日久生情——原因是才美不外露，细品才发现。

来者，必去

生鱼刺身

　　我是经过了好几个尝试的阶段，才真正享受到了生鱼刺身那无与伦比的滋味的。

　　第一次品尝，是在澳大利亚一个朋友的家里。朋友一大早到海鲜市场买了一条硕大的鲑鱼，新鲜得仿佛用手指弹一弹，它便会跳起来。纵是如此，当我首次接触时，薄薄的舌头，却像罹患感冒般，战栗不已。那种难以忍受的腥膻，使我连头发都长满了鸡皮疙瘩。

　　升起白旗。

　　然而，日胜和孩子都很喜欢，每回上日本餐馆，为的就是生鱼刺身。我作壁上观，好似外星人，格格不入。

　　在家人半诱半劝之下，我鼓起余勇，再试，然而，还是不行——把滑若凝脂的生鱼刺身吞下以后，我感觉好似有人在抠我的胃，我急急冲向厕所。

我想，我和生鱼刺身此生无缘了。

然而，世事无绝对。

在家人锲而不舍的一再劝食下，我硬着头皮一试再试，最后，终于突破了重重心理障碍，接受了它。更不可思议的是，我竟然爱上了它。

未经烹煮的鲑鱼，色泽鲜艳，光彩焕发，充满了丰腴的诱惑力。当那凉凉的、软软的、细细的生鱼片缠绵缱绻地与味蕾完美地结合时，花好月圆、鸟鸣蝉叫，人生无憾。跋扈的芥末，是它的最佳配搭。原本慵懒的生鱼刺身一沾上芥末，立马变得泼辣而又强悍，入口之后，极致的辛辣宛若引爆的炸弹，"轰"的一声，爆炸力道直捣脑门。享用者在"烈火焚身"的刺激里，龇牙咧嘴；然而，才一会儿，却又风过无痕，留在味蕾上的，仅仅是生鱼刺身那生生不息的鲜味。

由憎恶变为爱恋，只因我一试再试。单凭一次主观的印象，便对人、事、物妄下判断，是不公平的。

有些人，深藏不露，唯有以耐心慢慢地掏，才能把那藏着的优点发掘出来。

来者，必去

回家吧

最近，读了一篇发人深省的短文《帕科，回家吧！》。

该文叙述，在西班牙的小镇上，有一个名叫乔治的男子，有一回，与儿子帕科发生了激烈的争吵。次日，儿子帕科离家出走了。乔治懊悔不已，意识到世界上没有什么比儿子更重要了，于是，他迫不及待地赶到市中心一家有名的商店去，在店门前贴了一张醒目的告示，上面清清楚楚地写着：

帕科，亲爱的儿子，回家吧！我爱你！明天早上我将在这儿等你！

次日早上，乔治来到那家商店前，错愕地发现有七个名字唤作"帕科"的男孩等在那儿，眸子全都晶亮晶亮的，全都希望这是自己的父亲张开双臂向他发出的呼唤！

两代之间，有爱，但是，发生龃龉之后，上一代人碍于尊严，不肯、不愿表露心中的感觉；下一代人，囿于习惯，不会、不要表达心中的歉意。双方僵持不下，久而久之，僵成冰、冻成霜，即使动用世界上功效最强的暖气机，也融不了、化不掉。最后，那冰、那霜转化成双方心中的恶性肿瘤，就算华佗再世，也回魂乏术了。

在现实生活中，类似的例子，不胜枚举。

我所认识的一名少女，在与母亲争吵后，搬去朋友家。华发早生的母亲，明明很盼望女儿尽快回家，偏偏口出恶言，口口声声叫女儿"死在外面别回来"。女儿当然知道朋友的家不是久留之地，但想到凶神恶煞般的母亲，心里纵然有千般想回家的意愿，却倔强地装出一脸漠然。这种忤逆的态度进一步触怒了母亲，她跳着脚喧喧嚷嚷要和女儿脱离母女关系。最后，少女在其他长辈强大的压力下，终于抑郁地搬回家里。然而，不久之后，女儿受不了母亲秋后算账的恶言恶语，再度出走，迄今不知所终。

近读一则短文《我的儿子马友友》，深受感动。以拉大提琴而蜚声乐坛的马友友，在15岁时误交损友，染上喝酒恶习。有一回，他喝得烂醉如泥，被送到急诊室，没到乐团练习。他父母知道了，心急如焚而又心痛如绞。母亲冷静地对父亲说道："不要处罚他。你罚他的话，情况可能会更糟糕。如果能开诚布公地处理，他可能还会改过来。"父亲接受了劝告，心

来者，必去

平气和地对儿子说道："友友，也许我吃饭的时候喝点儿酒对你产生了不好的影响，从现在开始，我不喝酒了。"理智的处理方式对这位心思敏锐的青年产生了预期效果，他深感内疚，此后，再也没犯同样的错误。

两代间的爱，是桥梁、是润滑剂、是解忧剂；但是，心中有爱而不善或不愿表达，那桥，是断的，那润滑剂，是干的，那解忧剂，也是绝对解不了忧的！

精华

这间毫不起眼的小店,坐落于缅甸南部的城市毛淡棉。

此刻,板门半开,早晨的阳光淡淡地照在地上。我坐在狭小局促的面店里,看那年过六旬的华裔老人以手工作业的方式制作面条。只见他慢条斯理地把鸡蛋一个一个地敲开,和面粉混合在一起,再加入食用小苏打粉、盐,然后,专心致志地揉了起来。抓、拿、捏、放,一个动作紧接着另一个动作,有如波涛,层层相推,揉得十分起劲。揉呀揉的,那原本死气沉沉、蠢蠢笨笨的面团,慢慢地醒了、活了。它有了弹性、有了生命,熠熠地闪着亮亮的光泽。老人在面团里加入发酵粉,又揉了约莫二十分钟,搁置一旁,让面团生出属于自己的"灵魂"。之后,老人才把面团塞进压面机里,压出一条条细细长

来者，必去

长的、有韧性、有弹性的面条来。那面条，艳艳的黄色，触手凉凉的、柔柔的，千丝万缕，皆是风情。

老人每天只揉八斤面，现揉现卖。

每斤面大约可以揉出二十五碗面条，换言之，他的面店每天限卖两百碗面条，售完即关店休息，严格奉行"宁缺勿滥"的营业方式。

他语带感触地说："有些制作蛋面的，为了节省成本，每斤面只放几个鸡蛋，然后，搀入大量的水。结果呢，做出来的面条，质粗、味淡，拿在手上，硬硬的，不像面条，倒像木签。"

老人每斤面都下足十五个鸡蛋，全不搀水。为了确保鸡蛋的新鲜，他亲自向鸡农购买鸡蛋。

不是夸张，我以前实在没有尝过比这更好的面条了：它柔软而不糜烂、有咬劲而不硬实，由面条溢出来的蛋味，把整碗汤都染得香气扑鼻。这面条，其实是老人以毕生的爱铸造出来的精华。

让我难忘的，其实也不是那碗面条的味道，而是包裹在面条里的敬业乐业的精神。

名／家／励／志／臻／选

名/家/风/志/义/故